박선우 장편소설

FUSION FANTASTIC STORY

기적의 환생

MIRACLE LIFE

기적의 환생 11

박선우 장편소설

초판 1쇄 찍은 날 § 2019년 3월 27일
초판 1쇄 펴낸 날 § 2019년 4월 3일

지은이 § 박선우
펴낸이 § 서경석

총괄팀장 § 최하나
편집책임 § 김대용
편집 § 김경민, 강민구

펴낸곳 § 도서출판 청어람
등록번호 § 제387-1999-000006호
등록일자 § 1999. 5. 31
어람번호 § 제1-3013호

주소 § 경기도 부천시 부일로 483번길 40 서경B/D 3F (우) 14640
전화 § 032-656-4452 팩스 § 032-656-4453
http://www.chungeoram.com
E-mail § chungeorambook@daum.net

ISBN 979-11-04-91969-5 04810
ISBN 979-11-04-91763-9 (세트)

박선우 장편소설

FUSION FANTASTIC STORY

기적의 환생

MIRACLE LIFE

11

청어람

기적의 환생

MIRACLE LIFE

CONTENTS

제48장
새로운 시대

불사조.

서울대 학생회관에서 경기를 지켜보던 학생들은 모두 자리에서 일어나 펄쩍펄쩍 뛰어다녔다.

이번 경기에서 보여준 최강철의 무시무시한 투지.

다운을 당했음에도 다시 일어나 끝없이 밀어붙여 끝내 전설을 쓰러뜨린 최강철은 불사조임이 틀림없었다.

역전승이었기에 더욱 감동이 밀물처럼 몰려들었다.

최강철이 쓰러졌을 때 흘린 슬픔의 눈물은 기쁨의 눈물로 변해 사람들의 얼굴을 적셨다.

승리의 기쁨을 만끽하고 최강철이 두 팔을 번쩍 드는 장면을 바라보는 학생들의 시선에서 자랑스러움이 마구 피어올랐다.

"강철 선배, 크윽! 옆에 있었으면 뽀뽀라도 해주고 싶다."

"이 자식아, 너처럼 시커먼 놈이 덤비면 하고 싶겠냐. 저기 수연이가 해주면 모를까."

김철중이 4학년이자 경영대의 꽃인 황수연을 흘끔 바라보았다.

그녀는 승리에 고무되어 얼굴이 발갛게 달아올라 있었는데, 정말 옆에 최강철이 있었다면 키스라도 할 것처럼 흥분된 상태로 보였다.

"엮지 마라. 강철 선배한테는 피앙세가 있잖아. 괜히 수연이 허파에 바람 들게 하지 마."

"농담이다, 이 자식아."

"우리 강철 선배, 정말 대단해. 내가 봤을 때 역대 복싱 선수 중에 최고다. 알리도 소용없어. 타이슨도 필요 없고."

"저 매너 봐라. 레너드에게 허리 숙여 인사하잖아."

"강철 선배 하면 예의지. 오죽하면 교수님들이 예뻐 죽으려고 하겠냐."

"아이고, 링 아나운서 나왔다!"

박정빈의 말을 들으며 싱글벙글하던 김철중이 소리를 버럭 질렀다.

시합이 끝나고 최강철의 승리가 확정되며 수많은 플래시가 터진 후 링 아나운서가 등장했기 때문이다.

승리에 도취되어 학생회관에 가득 찬 소음이 동시에 멈추었다.

최강철은 시합이 끝날 때마다 폭탄선언을 해왔기 때문에 사람들은 그가 인터뷰하는 순간이 다가오면 언제나 긴장에 빠져들었다.

"우리 강철 선배, 설마 타이슨하고 싸우겠다는 건 아니겠지?"

"그 말도 안 되는 소리 좀 하지 마라. 난 지금 강철 선배가 은퇴할까 봐 걱정돼서 죽겠구먼."

"이 자식아, 그게 더 말이 안 되잖아! 재수 없게 왜 그런 소릴 해!"

"강철 선배가 늘 그랬다. 자신의 꿈은 판타스틱4를 전부 때려잡는 거라고. 헤글러가 은퇴해 버렸으니 레너드가 마지막 상대였어. 그러니까 하는 말이다."

"시끄러워! 안 돼! 절대 안 돼! 이제 강철 선배는 최고의 전성기에 올랐는데 은퇴라니. 그냥 듣기만 해도 오금이 저린다."

먼저 떠들던 김철중이 침을 꿀꺽 삼키며 화면에 시선을 주었다.

박정빈은 물론이고 옆에서 그의 말을 들은 후배들도 긴장감을 숨기지 못했다.

청천벽력이다.

만약 최강철이 김철중의 말대로 은퇴를 선언한다면 승리의 기쁨으로 그들이 흘린 웃음은 금방 장송곡으로 변하게 될 것이다.

최강철은 미친 듯이 달려온 윤성호, 이성일과 함께 승리의 기쁨을 나누며 활짝 웃었다.

그런 후 링 아래에서 간절한 마음으로 기도하며 응원한 서지영을 향해 다가가 손을 흔들어주었다.

그녀는 예전처럼 링으로 올라오지 않은 채 친구들과 함께 그의 승리를 기뻐하고 있었다.

얼마의 시간이 지났을까.

챔피언벨트를 허리에 매고 기자들에게 포즈를 취해준 후에야 링 아나운서가 천천히 다가왔다.

"허리케인, 전설과의 대결에서 승리를 거머쥐었습니다. 축하합니다."

"감사합니다."

"6라운드에서 다운을 당하는 위기의 순간도 있었는데요, 그

때 상황이 어땠습니까?"

"레너드 선수가 준비해 온 펀치에 걸렸습니다. 충격을 받았지만 위험한 상태는 아니었습니다."

"엄청난 격전이었습니다. 승리의 요인을 뭐라고 생각하십니까?"

"레너드 선수는 제가 상대해 온 어떤 선수보다도 강했습니다. 제가 이긴 것은 더 젊기 때문이라고 생각합니다. 레너드 선수가 전성기 시절이었다면 어려운 승부가 됐을 겁니다. 그만큼 레너드 선수는 엄청난 기량을 가지고 있었습니다."

최강철은 이번에도 자신에게 쓰러진 레너드를 치켜세웠다.

듀란전과 헌즈전을 비롯해 모든 경기가 끝났을 때 그는 언제나 상대방에게 경의를 표했다.

최강철의 이야기가 끝나자 링 아나운서의 얼굴에 만족한 웃음이 떠올랐다.

그의 겸손한 대답은 사람을 흡족하게 만드는 마력이 있다.

늘 그렇지만 시합이 끝난 후의 인터뷰는 언제나 짧다.

"허리케인, 마지막으로 팬들께 한 말씀 해주십시오."

링 아나운서가 마이크를 전해주며 슬쩍 긴장감을 나타냈다.

최강철이 어떤 폭탄을 터뜨릴지에 대한 기대감이 그의 눈에 가득 담겨 있다.

그것은 허리케인을 끝없이 연호하던 관중들도 마찬가지였다.

최강철은 링 아나운서가 전해준 마이크를 건네받으며 천천히 링 사이드를 향해 움직였다.

경기가 끝나면 다음 상대를 지목해 오던 그동안의 행동과 똑같은 것이다.

그러나 그가 향한 곳은 막강한 적이 자리한 장소가 아니라 그를 향해 사랑스러운 눈빛을 듬뿍 담은 채 서 있는 서지영 쪽이었다.

"저를 성원해 주신 팬 여러분께 진심으로 감사드립니다. 그리고 저는 이 자리에서 여러분께 저에 관한 이야기를 잠깐 하려고 합니다. 저에게는 아주 오랫동안 사귀어온 분이 있습니다. 바로 저기에 있는 서지영 씨입니다."

최강철이 잠깐 말을 끊자 카메라에 잡힌 서지영의 모습이 대형 전광판에 잡혔다.

관중들의 환성.

승리를 쟁취한 허리케인의 피앙세에게 전해주는 그들의 축하 인사였다.

잠시 말을 멈춘 최강철이 다시 입을 열기 시작한 것은 이성일이 움직여 서지영을 링으로 데려왔을 때다.

"저는 서지영 씨를 사랑하고 있었지만 오랫동안 프러포즈를 하지 못했습니다. 전설이라 불리던 선수들을 모두 이긴 후 청혼하고 싶은 저의 욕심 때문이었습니다. 그래서 저는 오늘… 이 자리에서 서지영 씨에게 청혼을 할 생각입니다. 여러분, 제가 그렇게 해도 되겠습니까?"

최강철이 묻자 관중들의 입에서 벼락같은 함성이 터져 나왔다.

2만 명이 넘는 관중들의 목소리로 'YES'라는 말이 울려 퍼지는 장면은 그야말로 장관이었다.

관중들의 허락이 떨어지자 최강철이 이성일에게 받은 상자를 열어 반지를 꺼냈다.

그런 후 당황스러운 모습으로 링의 중앙에 서 있는 서지영에게 다가가 무릎을 꿇었다.

"지영 씨, 늦어서 미안해요. 이제야 프러포즈하는 저를 용서해 주십시오. 지영 씨, 저와 남은 인생을 같이해 주시겠습니까?"

"그럴게요. 그럴게요."

펑펑 운다.

반지를 받아 드는 서지영의 눈에서 눈물이 끝없이 쏟아져 내린다.

기쁨의 눈물을 흘리는 그녀는 너무나 행복해 보였다.

그녀는 지금 이 순간이 꿈처럼 여겨졌고, 오직 눈에 보이는 건 최강철뿐이었다.

그랬기에 수만 명의 관중이 보는 앞에서 최강철을 향해 다가가 키스를 했다.

용감하게, 그리고 뜨겁고 아름답게.

천하 통일.

레너드까지 꺾고 돌아온 최강철을 향해 세계 언론이 전부 극찬을 퍼부었다.

역사가 바뀌었다.

그동안 최강으로 군림하던 선수들을 모두 꺾었으니 그는 진정한 영웅이 되었다.

거기에 수억 명이 지켜보는 링에서 청혼한 사실 또한 화제가 되어 이번 시합의 열풍은 쉽게 가라앉지 않았다.

특히 대한민국 언론은 난리법석을 떨어대며 최강철의 결혼 상대자인 서지영이 누군지 취재하느라 전 기자들이 안달을 부렸다.

하지만 서지영은 안개였다.

상당수의 기자들이 미국까지 날아가 그녀를 취재하기 위해 안간힘을 썼지만 서지영은 모든 언론을 완벽하게 차단한 채 자신의 정체를 노출시키지 않았다.

최강철은 그녀와 함께 한 달 동안 미국에서 시간을 보내며 호리즌과 엠파이어의 출범을 지켜보았다.

최강철의 시합에 맞춰 회사의 출범일을 잡았는데 규모를 일부러 최소화시켰기 때문에 참석한 사람은 많지 않았다.

그럼에도 최강철은 그 어떤 순간보다 기뻐했다.

호리즌과 엠파이어는 당분간 수익을 올리지 못하겠지만, 장래 어느 순간부터 그의 꿈을 뒷받침해 줄 가장 강력한 오아시스로 커나갈 것이기 때문이다.

결국 졸업식에는 참여하지 못했다.

공교롭게도 시합이 졸업식과 겹쳤기 때문인데, 최강철보다 서울대 측에서 훨씬 더 커다란 아쉬움을 나타냈다.

국민 영웅이 공부하는 동안 서울대는 전 세계적으로 유명한 대학이 되었고, 유수 기업들의 후원으로 인해 풍부한 장학금을 확보하고 필요한 건물들을 신축할 수 있었다.

최강철이 한국으로 돌아온 건 시합이 끝나고 한 달이 지났을 때지만, 그때까지 한국은 승리의 열풍이 가라앉지 않았다.

또다시 카퍼레이드가 벌어졌고, 최강철은 청와대에 들어가 대통령을 만나는 등 수많은 행사에 참여했다.

이젠 언론에 노출되는 것도 개의치 않았다.

아니, 오히려 적극적으로 나서서 자신의 생각을 개진하기 시작했다.

최강철이 부모님께 받은 결혼 날짜는 3달 뒤인 6월 15일이
었다.

이성일의 결혼보다 한 달 늦다.

당장 양가 부모의 상견례부터 결혼 준비까지 할 일이 태산
같았으나 최강철은 부모님이 준 날짜에 맞춰 부지런히 움직였
다.

그가 마이다스 CKC의 사무실에 들어선 것은 입국한 지 5일
이 지났을 때다.

사무실에는 신규성과 김도환이 먼저 와서 기다리고 있었는
데, 그가 들어서자 벌떡 자리에서 일어나는 게 보인다.

"회장님, 고생 많았습니다. 몸은 이제 괜찮아지셨습니까?"

"아직도 부은 것처럼 보이세요?"

"아뇨, 전혀요. 시합 끝났을 때 왼쪽 눈이 많이 부어서 걱정
했는데 이젠 전부 가라앉았네요. 다행입니다. 잘생긴 얼굴로
돌아와서."

김도환의 농담에 세 사람이 동시에 웃었다.

타이틀전에 관한 이야기로 잠시 시간을 보낸 신규성이 주제
를 바꾼 것은 커피가 식기 시작할 때였다.

"피닉스는 이제 서서히 안정을 찾아가고 있습니다. 우리가
인수한 후 건설 쪽과 계열사의 매출액이 다시 제자리를 찾아
가고 있어요. 특히 건설 쪽은 정부 공사와 공기업 쪽에서 불

과 2달 만에 3,000억을 수주했습니다."

"잘됐군요."

"기업에 돈이 돌면 활기가 찹니다. 피닉스그룹의 자금력이 탄탄하다는 소문이 나면서 저리로 돈을 빌려주겠다는 은행이 줄을 섰습니다. 하지만 더 이상의 융자는 차단했습니다. 그것 도 빚이니까요."

"구조조정은 어디까지 진행됐습니까?"

"서병진 일파는 전부 잘라냈습니다. 그리고 각 계열사 사 장 주도로 비효율적인 조직을 전부 없앴습니다. 죄송합니다 만 그 와중에 상당수의 직원이 회사를 떠나야 했어요. 그러 나 이건 어쩔 수 없는 일입니다. 그동안 정동그룹이 너무 방 만하게 운영했기 때문에 이 정도의 구조조정은 당연한 일입 니다."

"저도 그 정도는 예상하고 있었습니다. 대신 퇴직금은 잘 해주셨죠?"

"다른 회사에서 주는 것보다 20% 더 줬습니다. 퇴직 직원 들도 큰 반발은 하지 않았습니다. 그들도 어쩔 수 없다는 걸 알고 있었을 테니까요."

"조직개편은요?"

"회장님이 준비하신 조직 체계의 틀을 전부 마련했습니다. 앞으로 그에 맞는 인재들을 충원해 나갈 계획입니다."

"최고의 인재들을 데려오십시오. 회사의 미래는 인재에 있다는 것을 잊으시면 안 됩니다."

"알겠습니다. 그런데 회장님, 한 가지 문제가 있습니다."

"뭐죠?"

"건설을 필두로 직원들이 노조를 결성하기 시작했습니다. 그래서 경영층이 막다가 가벼운 충돌이 있었습니다."

"노조라……."

"노조가 있으면 회사 운영에 심각한 지장이 생길 수밖에 없습니다. 그래서 저는 경영층에게 막으라는 지시를 내려놨습니다. 다른 회사의 노조 파업 사태를 보더라도 노조는 불필요한 존재입니다. 노조가 파업을 하면 회사의 근간이 흔들리게 됩니다."

"아뇨, 그러지 마십시오."

"회장님!"

"건강한 노조는 반드시 필요합니다. 앞으로의 시대는 그렇게 진행될 수밖에 없어요. 노조는 직원들의 목소리를 대변하는 단체입니다. 회사의 잘못을 지적하고 발전해 나갈 수 있는 토대가 될 수 있습니다. 부정적인 존재로 보게 되면 한없이 부정적인 존재가 되지만 긍정적으로 생각하면 무엇보다 필요한 존재죠. 그러니 노조의 결성을 막지 마십시오. 다만, 원칙은 반드시 있어야 합니다. 노조라는 지위를 이용해서 인사 청탁을 하거나 비리를 저지르면 그에 상응하는 대가를 반드시 치러야 합니다. 회사의 이익보다 노조의 이익이 우선되는 노조는 절대 안 됩니다. 노조는 만들되 함부로 파업하면 어떤 결과가 오는지 확실하게 알려주세요. 무노동 무임금, 그리고 파업으로 발생한 손해는 전부 임금 인상분에 반영된다는 것도요. 이게 피닉스그룹의 원칙입니다. 직원들에게 그런 사실을 반드시 주지시키십시오."

늘 그렇듯 최강철은 기업의 운영에 관해서는 세부적으로 참견하지 않았다.

그림자 경영이란 것은 원래 그런 것이다.

기업이 가져야 할 철학과 기본 정신만 주지시키고 비전만 제시해 주면 그에 맞춰 전문경영인들이 움직이면 된다.

자신은 시대의 흐름에 맞춰 기업들을 관장하고 세부적인 일은 마이다스 CKC와 전문경영인들이 움직이는 게 그림자 경영의 근본적인 시스템이다.

이성일의 결혼식은 성대하게 치러졌다.

최강철이 직접 사회를 봤고 서지영과 함께 축가까지 불렀기 때문에 언론이 호강을 했다.

최강철이 하는 행동은 전부 특종이기 때문이다.

이성일은 확실히 미친놈이다.

신혼여행에 같이 가지고 떼를 썼기 때문에 놈을 보내느라 한동안 실랑이를 해야 했다.

걱정되는 건 이 자식이 한 달 후에 있는 자신의 결혼식에서 사회를 본다는 것이다.

이놈은 엉뚱한 면이 있어 어떤 곤란한 짓을 만들지 쉽게 상상이 되지 않았다.

서지영은 정말 요즘 들어 눈코 뜰 새 없이 바쁘게 움직였다.

마이다스 CKC의 일만 가지고도 밥도 제대로 먹지 못할 정도로 바빴는데 결혼식까지 다가오자 아예 정신을 차리지 못했다.

양가 부모의 상견례는 형식적인 것에 불과했다.

부모님은 이미 서지영을 며느리로 생각하고 있었기 때문에 제주도의 본가로 초대해서 같이 하룻밤을 보내며 많은 이야기를 나누었다.

최강철의 결혼이 다가오자 대한민국이 흔들거렸다.

언론에서는 연일 그의 결혼에 대해서 특집 방송을 내보냈는데, 별별 게 다 뉴스가 되어 국민들에게 알려지고 있었다.

특히 그의 검소한 결혼식은 화제 중의 화제였다.

시합 한 번에 3,000만 달러를 벌어들이는 슈퍼스타가 영등포의 작은 예식장에서 결혼한다는 사실이 알려지자 국민들은 역시 최강철이라며 감탄을 금치 못했다.

조금만 재산이 있어도 호텔 예식장을 찾는 요즘 젊은이들의 행태와 단연 비교되는 일이었다.

호텔 예식장은 결혼 한 번 하는 데 최소 2,500만 원이 소요된다는데, 결혼 시즌이 되면 예약을 못 잡아서 난리라는 기사를 본 적이 있다.

과연 이제 막 결혼하는 젊은이들이 어떤 능력을 갖고 있기에 몇 년 연봉보다 많은 돈을 결혼하는 데 쓸 수 있단 말인가.

결국 부모의 등골을 빼먹는 일이다.

문제는 자식의 결혼을 위해 호텔 예식장을 잡는 사람들이 어깨를 바짝 세우며 갖은 폼을 다 잡는다는 데 있었다.

아직도 대한민국은 허례허식에 젖어 헐떡거리는 중이었다.

결혼식장에 도착한 최강철은 깔끔한 정장을 입은 채 문을 열고 들어섰다.

그러자 거의 100여 명의 기자가 동시에 플래시를 터뜨렸다.

그들은 현관을 중심으로 로비에 반원형을 그리고 서 있었는데 커다란 둑을 연상시킬 정도였다.

그는 기자들에게 가볍게 인사를 하고 식장으로 향했다.

기자들은 그의 걸음을 막지 않았다.

오늘은 그의 결혼식이었으니 기자들도 최강철의 결혼을 막는 짓은 삼가기로 합의를 본 모양이다.

먼저 오신 부모님과 가족들에게 인사를 하고 최강철은 신부 대기실로 향했다.

서지영은 한국에 친구가 없어 같이 날아온 클로이, 수잔, 그리고 황인혜만이 대기실을 지키고 있었다.

문을 열고 들어서자 잔뜩 긴장하고 있는 서지영의 모습이 보인다.

긴장한 모습이었으나 너무나 아름다워 눈이 부셨다.

웨딩드레스를 곱게 차려입은 채 누군가의 아내가 되기 위해 기다리는 그녀의 모습은 천사와 다를 바가 없을 만큼 아름다웠다.

"지영 씨, 예쁘네."

"강철 씨는 더 멋있는걸."

"조금 있으면 나한테 오겠네. 사뿐사뿐 조심스럽게 걸어와. 하지만 너무 늦지 마. 내가 기다리다 목이 빠질 수도 있거든."

"신랑 입장!"

이성일은 하객들이 모두 자리를 채우자 난데없이 버럭 고함을 질렀다.

이놈은 사회를 보라고 했더니 군대의 교관처럼 연신 소리를 질러대고 있었다.

최강철은 열려 있는 문을 통해 보무도 당당하게 단상을 향해 걸어갔다.

그러고 싶지 않았지만 자신도 모르게 이성일의 영향을 받은 모양이다.

그가 입장하자 식장을 가득 채운 하객들이 우레와 같은 박수를 보내왔다.

어떻게 생각해 보면 이것도 민폐다.

영등포의 정원 예식장은 그야말로 동네에서 흔하게 볼 수 있는 곳이었는데, 최강철 같은 슈퍼스타가 결혼식을 하게 되었으니 주변이 온통 난장판으로 변했다.

하객들의 규모는 그야말로 매머드급이었다.

대한정의당의 국회의원들은 물론이고 여야의 의원들까지 대거 몰려들었고, 체육부 장관을 비롯해서 관계 부처의 고위 간부들과 복싱 협회 회장이 식장을 찾았다.

미국에서는 돈 킹과 마이클 델, 보삭 부부, 그리고 엠파이어를 맡아 회사를 끌고 나가는 제프 베조스 등이 날아왔다.

충격적인 것은 버락 오바마와 워렌 버핏, 그리고 MS의 빌 게이츠, 레너드와 듀란까지 참석했다는 점이다.

하객이 이 정도이니 언론이 극성을 부리는 건 당연한 일이었다.

방송국에서는 아예 최강철의 결혼식을 생중계까지 했기 때문에 수많은 사람이 그의 결혼식을 지켜봤다.

최강철은 모든 것을 프리로 풀어놓았다.

인기 연예인들처럼 극비 결혼을 하지 않았고, 언론도 막지 않았으며, 찾아오는 하객들의 축하도 고맙게 받아들였다.

왜 그랬냐고?

당연한 일이라고 생각했다. 결혼은 사람들의 축복 속에서 이뤄져야 하고 최강철은 그런 축복을 서지영에게 선물해 주고 싶었다.

최강철이 단상 앞에 서자 이번에는 이성일이 신부 입장을 외쳤다.

신랑을 부를 때야 그러려니 했지만 이 자식은 신부도 비슷한 목소리로 불러댔다.

웨딩 마치가 은은하게 흐르며 서지영이 식장으로 들어왔다.

그녀의 손을 잡아준 이는 윤성호였다.

천사다.

자신에게 사뿐사뿐 다가오는 서지영은 천사 그 자체였다.

보통 신부의 손을 잡고 들어오는 아버지들은 신랑에게 신부의 손을 넘겨주며 이렇게 말한다.

"잘 부탁하네."

아버지로서 딸의 행복을 바라는 간절한 한마디이다.

하지만 윤성호의 입에서 나온 말은 전혀 다른 것이었다.

"좋겠다. 이제 눈치 보지 않고 같이 살게 돼서. 그래도 시합 때는 안 돼. 알지?"

어이가 없어 입이 저절로 벌어졌지만 윤성호는 서지영의 손을 넘겨주고는 득의의 미소를 지으며 자신의 자리로 돌아갔다.

결혼식의 절차는 차례대로 진행되었다.

오늘 주례로 모신 윤문호 교수는 아예 작정한 듯 주례사를 10분이 넘도록 했는데 얼굴이 벌겋게 변할 정도의 칭찬과 앞으로 행복한 가정을 꾸리기 위해서 반드시 지켜야 할 것들에 대한 조언이었다.

윤문호 교수의 주례가 끝나고 양가 부모에게 인사를 했다.

서지영의 어머니는 벌써부터 이미 눈물로 촉촉하게 젖어 있었는데 두 사람이 인사를 하자 손수건으로 눈물을 닦아내느라 인사도 제대로 받지 못했다.

천천히 돌아서서 부모님이 계신 곳으로 갔다.

그런 후 아들을 향해 웃음을 띠고 있는 부모님께 허리를 깊이 숙여 인사했다.

"아버지, 어머니, 이번에는 정말… 잘 살게요. 두 분의 가슴에 다시는 슬픔을 만들지 않도록 행복하게 살겠습니다."

어머니의 눈물을 보자 자신도 모르게 슬며시 눈시울이 붉어졌다.

늘 아들을 걱정하던 부모님. 당신들의 은혜와 사랑을 저는 죽을 때까지 잊지 않으며 살아갈 겁니다.

그러니 이제 울지 마세요.

같이 가자고 손을 잡아끌었을 때는 버틸 수 있었지만 따라오겠다는 놈은 막을 방법이 없었다.

신혼여행지로 잡은 곳은 하와이였는데, 이성일과 윤성호는 아주 작정한 듯 막무가내로 따라붙었다.

"너 따라가는 거 아니야. 우리도 휴식하러 가는 거라고. 하와이가 전부 네 건 아니잖아? 안 그래요, 관장님?"

"당연하지. 인혜 씨, 갑시다. 그것 참, 공교롭기도 하지. 어떻게 비행기 시간이 똑같은지 모르겠네."

저절로 입맛이 다셔졌지만 고개를 떨어뜨린 채 결국 항복

하고 말았다.

이 인간들은 절대 말로 해서는 통할 인간들이 아니었다.

이제 막 결혼했다는 걸 알리려는 듯 승용차에는 온갖 장식품이 매달려 있었는데 트렁크 뒤에 주렁주렁 매달려 있는 깡통은 이성일 작품이었다.

촌스러운 놈.

깡통이 사라진 게 언젠데 아직도 깡통을 매달아!

당황해하는 서지영을 옆에 두고 최강철이 눈을 부라렸으나 이성일은 뻔뻔하게 깡통이 잘 매달려 있나 확인하는 걸 잊지 않았다.

부모님과 가족들에게 인사를 하고 공항으로 향했다.

그나마 다행인 점은 이성일과 윤성호가 다른 차를 타고 간다는 것이다.

"지영 씨, 힘들었지?"

"아니에요. 전혀 힘들지 않았어요."

"갑자기 왜 존댓말을 하는 거야?"

"결혼했으니까 강철 씨는 이제 제 남편이잖아요. 난 남편을 하늘처럼 존중하는 여자가 되고 싶어요."

"우와, 갑자기 막 떨리네. 괜히 무서워지는데?"

"왜요?"

"아냐, 지영 씨 하고 싶은 대로 해."

"그런데 저분들, 호텔도 같은 데 잡은 건 아니죠?"

"왜 아니겠어."

"우씨, 그러면 안 되는데……."

"쫓아낼까?"

"쫓아낸다고 나갈 사람들이 아니잖아요. 그냥 내버려 둬요. 어차피 같이 가는 건데 피크닉 가는 셈 치죠, 뭐."

"그러자. 그래도 양심은 있을 테니까 이틀 정도는 우리만의 시간을 주지 않겠어?"

"응."

"고마워, 지영 씨."

"뭐가요?"

"나한테 시집와 줘서."

"내가 더 고맙죠. 당신같이 멋진 남자와 결혼했으니까."

그녀의 대답을 들으며 최강철이 부드럽게 손을 잡았다.

그런 후 그녀의 눈을 바라보며 천천히 입을 열었다.

"죽을 때까지 절대 당신을 배신하지 않을 거야. 오직 당신만을 사랑하며 당신 품에서 나머지 삶을 살아갈게."

"나도 그럴 거예요. 나도……."

1995년 3월.

시간은 미친 듯이 지나갔다.

최강철은 1월에 세계 랭킹 7위인 프랭크 블랑코를 4회에 KO로 잡고 방어전에 성공했다.

압도적인 경기였고 압도적인 결과였다.

세계 랭커였음에도 상대가 되지 않자 경기를 하는 동안 따분함이 몰려왔다.

전력을 기울여 싸워야 할 상대를 원한다.

그랬기에 최강철은 방어전을 끝내고 WBC 슈퍼웰터급 챔피언인 홀리오 바스케스와의 통합 타이틀전을 공공연히 제안했다.

바스케스는 현재 8차 방어전을 성공하며 롱런 가드를 걸고 있는 강력한 챔피언으로 KO율이 90%에 달하는 강타자였다.

복싱 팬들의 피가 다시 뜨겁게 달아오르기 시작했다.

대부분의 복싱 팬들은 판타스틱4의 시대가 끝났다면서 새로운 4명의 선수를 히어로4로 선정했는데 현재의 복싱계가 그들로 인해 움직이기 때문이었다.

그들은 최강철을 비롯해서 KO 아티스트 홀리오 바스케스와 신이 내린 복서라고 불리는 홀리오 세자르 챠베스, 그리고 공포의 스피드를 자랑하며 최강철이 떠난 웰터급을 석권하고 있는 피넬 휘태커였다.

판타스틱4와의 전쟁이 막을 내린 후 최강철이 새롭게 떠오르는 태양들을 향해 전쟁을 선포하자 복싱 팬들은 강력한 지지를 보내며 또다시 광란에 빠져들었다.

현재의 복싱 판에서 최강철은 태풍의 눈이다.

그가 움직이는 걸음마다 복싱 역사가 새롭게 쓰이고 있으니 전 세계 복싱 팬들이 그의 행보에 열광을 보내는 건 당연한 일이었다.

*　　　　*　　　　*

토머스는 일방적인 최강철의 방어전을 보면서 감탄을 금치 못했다.

레너드와의 경기를 통해 그가 얼마나 강한 선수인지 새삼스럽게 느꼈지만 블랑코를 거의 학살하다시피 때려눕히자 그의 능력에 대한 경외감까지 들었다.

슈거레이 레너드는 다시 은퇴를 했다.

더 이상 링에 남아 자신의 전설에 치욕을 남기고 싶지 않다는 말을 남긴 채.

그는 최강철에게 진 후 기자들과의 인터뷰에서 이런 말을 남겼다.

"저는 허리케인을 상대하기 위해 최상의 컨디션을 만들었습니다. 무려 7개월 동안 12라운드 내내 전력으로 뛸 수 있는 체력을 키웠고, 전문가들의 도움을 받아 허리케인을 잡을 수 있는 기술을 연마했지만 결국 지고 말았습니다. 세월을 이길 수 있는 사람은 아무도 없다는 것을 뼈저리게 느꼈습니다. 이제 우리의 시대는 갔습니다. 새로운 시대에는 새로운 영웅이 필요하고 나는 그 영웅들을 더 이상 이길 자신이 없습니다. 그렇기에 미련 없이 은퇴를 하고자 합니다."

토머스 역시 그 현장에 있었다.

복싱 역사에 한 획을 그은 전설의 영원한 은퇴가 가슴 한쪽을 아프게 만들었다.

헤글러가 떠났고 듀란이 떠났으며 그 뒤를 레너드가 따랐다.

그들을 취재하며 다닌 자신의 젊은 날들이 그들의 은퇴와 함께 추억 속으로 사라진다는 생각이 들자 문득 슬픔이 밀려왔다.

허리케인 최강철.

전설을 무찌른 영웅.

어이없게도 그 슬픔은 최강철로 인해 순식간에 사라져 버렸다.

그는 전 세계 복싱 팬들의 피를 들끓게 만든 전설들과의 대결이 끝나자 새로운 전쟁을 선포한 것이다.

블랑코와의 시합을 끝내고 그가 바스케스와의 통합 타이틀 전을 제안하는 순간 심장이 멎을 것 같은 기쁨을 맛봤다.

이러한 기쁨을 무엇으로 설명할 수 있단 말인가.

슬쩍 옆을 돌아보자 자신과 비슷한 표정을 지은 채 사진기를 눌러대는 뉴욕스포츠의 콜먼이 보인다.

"콜먼, 우리 밥줄, 당분간 끊기지 않겠다."

"크큭, 나도 방금 그 생각 했어. 허리케인은 우리 생명의 은인이야."

"바스케스가 받아들이겠지?"

"용기가 있다면 받아들이지 않겠어? 그는 오래전부터 허리케인이 최강이란 사실을 인정하지 않았거든."

"우리 밥줄이 오래가려면 최강철이 이겨야겠다."

"당연한 말을 왜 해. 그래야 계속 이벤트가 마련될 거 아냐."

콜먼이 활짝 웃으며 답했다.

그 역시 베테랑답게 토머스의 말이 무슨 뜻인지 금방 알아챘기 때문이다.

바스케스가 이기면 안 되는 이유가 있었다.

그가 이겼을 때는 히어로4의 대결이 성사되지 않지만 최강철이 이긴다면 이야기가 달라진다.

바스케스는 체급을 내리면서까지 강자들과 대결하고 싶어 하지 않았으나 허리케인은 성격상 분명히 웰터급을 휘어잡고 있는 피넬 휘태커나 슈퍼라이트급의 챠베스와의 일전을 벌일 가능성이 농후하기 때문이다.

바스케스와의 대결도 엄청난 빅 이벤트였지만 휘태커나 챠베스와의 대결도 그에 못지않은 빅게임이 될 것이다.

그들은 막강한 능력으로 도전자들을 무찌르며 롱런을 구가하는 챔피언들이다.

특히 슈퍼라이트급의 챠베스는 전문가들로부터 신이 빚어낸 복서라는 찬사를 듣고 있었다.

만약 최강철이 없었다면 그는 판타스틱4의 아성을 무너뜨리고 현존하는 전설로 불릴 만큼 무적을 구가하는 제왕이었다.

*   *   *

최강철은 결혼했음에도 서지영을 한국으로 데려오지 못했다.

그녀가 맡고 있는 마이다스 CKC의 업무가 너무 중요했기 때문에 한국으로 돌아오는 건 쉬운 일이 아니었다.

최강철은 결혼을 한 후 방어전을 끝낼 때까지 미국에서 머물다가 7개월 만에 한국으로 돌아왔다.

미국에 머물며 그가 집중한 것은 호리즌과 엠파이어의 시장 확보에 관한 것이었다.

본격적으로 인터넷이 상용화되었기에 호리즌과 엠파이어의 시장 지배력이 점점 강화되고 있는 중이었다.

어떤 사업이든 선점이 가지는 효과는 막대하다.

후발 주자가 선점한 기업을 이기기 위해서는 시장을 뒤흔들 만큼 대단한 기술력과 전혀 다른 패턴으로 승부를 봐야 하지만 그런 기업은 나타날 수 없었다.

호리즌과 엠파이어가 보유한 기술력은 20년 후의 미래에서까지 통용되던 것이었으니 현재의 기업들에게는 기적의 기술들이기 때문이다.

후발업체가 없다는 것은 호리즌과 엠파이어의 독점 체제 구축이 가능하다는 걸 의미했다.

물론 그 배경에는 마이다스 CKC의 막강한 자본력이 강력하게 작용했다.

마이다스 CKC는 작년 말 기준으로 무려 25억 달러의 수익을 올려 미국 투자회사 중 톱의 위치에 올라섰다.

가히 거침없는 전진이었고 무서운 성장세였다.

이 모든 것이 최강철 개인의 자본이었으니 언론이 이 사실을 알게 된다면 세계적인 이슈가 될 게 분명했다.

하지만 마이다스 CKC는 완벽하게 이 사실을 비밀로 부쳤기 때문에 언론은 물론이고 심지어 직원들조차 알지 못했다.

"어서 오십시오."

최강철이 일식집 긴자로 들어서자 먼저 와 있던 신규성과 김도환이 자리에서 일어나 상석으로 그를 앉혔다.

무려 7개월 만에 보는 것이었기에 그들의 얼굴에 슬쩍 긴장감이 흐른다.

자리에 앉자 이미 준비되어 있던 음식이 차려졌다.

최강철은 식사를 하는 동안 업무 이야기는 일체 배제하고 신혼 생활에 관한 이야기로 시간을 보냈다.

술잔이 오가면서 분위기가 점차 풀어졌다.

그들은 최강철과 깊은 인연을 가지고 있는 사람들이었기 때문에 술이 들어가면서 속에 있던 이야기들이 슬그머니 빠져나왔다.

"회장님, 도대체 얼마나 많은 돈을 쓸어 담을 생각입니까? 이번에 미국에서 하는 사업들도 아이템이 대단하더군요."

"하하, 아마 꽤 큰돈을 벌 수 있을 겁니다."

"미국 마이다스 CKC 본사의 수익이 엄청나다면서요. 저

번 달 경제 전문지들이 일제히 작년 말 실적을 보도했더군
요."

"아직 멀었습니다. 앞으로 더 많은 돈이 들어올 거예요."

신규성의 말에 최강철이 빙그레 웃었다.

신규성의 얼굴은 술이 들어가자 벌겋게 변해 있었는데 얼굴
에 웃음기가 하나도 담겨 있지 않았다.

"정말 궁금해서 그렇습니다, 회장님. 우리는 회장님의 계획
을 듣고 싶습니다."

"어떤 계획 말입니까?"

"그 막대한 돈을 벌어서 어디에다 쓸 생각인지 알고 싶습니
다."

"저에게는 밑 빠진 커다란 항아리가 여러 개 있어요. 거기
에 쏟아부을 생각입니다. 붓고 부어서 새지 않도록 막을 생각
입니다."

"고아원 말씀이십니까?"

"고아원이야 몇 푼 들어가나요. 더군다나 최근 들어서는 여
기저기에서 후원금이 빗발치듯 들어와 우리 돈은 그리 많이
나가지 않습니다."

"그럼 밑 빠진 항아리가 뭡니까?"

"비룡과 앞으로 설립해 나갈 회사들에 투자할 예정입니다."

"음……"

두 사람의 입에서 동시에 신음성이 터져 나왔다.

유일하게 최강철이 손을 댄 사업 중에 이익을 내지 못하고 있는 건 비룡뿐이었다.

더군다나 아직 사업을 시작조차 하지 못했다.

비룡의 연구단지와 공장들은 금년 8월이나 되어야 완공되기 때문에 아직도 수익을 내려면 오랜 시간이 걸린다.

더욱 한심한 것은 그럼에도 불구하고 매년 5,000만 달러 이상이 소요되고 있다는 점이다.

공사 비용은 둘째 치고 최강철의 지시로 세계 유수의 기술진을 계속 스카우트해 왔기 때문이다.

그랬기에 김도환이 신음을 멈추고 다시 입을 열었다.

"회장님, 비룡을 어디까지 키울 생각이십니까?"

"한계를 말씀하시는 건가요?"

"그렇습니다."

"비룡의 한계는 없습니다. 비룡이 대한민국의 미래니까요. 저는 비룡을 통해 록히드마틴사와 보잉을 제압할 것이고, 더나아가 누구도 따라오지 못하는 세계 최고의 회사로 성장시킬 생각입니다."

"그런 생각을 하시다니… 회장님은 정말 거대한 꿈을 갖고 계시군요."

이런 이야기는 처음이었다.

최강철의 자산 중 한국에 있는 것은 자신이 움직이고 있지만 미국 본사의 마이다스 CKC 자금 흐름에 대해서는 정확하게 알지 못했다.

하지만 그는 감각으로 안다.

비룡은 방산업체이고, 정부의 전폭적인 지원이 없다면 최강철이 벌어들인 돈의 대부분이 그곳으로 흘러들어 가게 될 것이다

그랬기에 신규성은 아무런 말도 하지 못한 채 두 눈을 끔벅거리기만 했다.

과연 최강철의 말대로 되기 위해서는 얼마나 큰돈이 필요할까.

5백억 달러? 아니, 천억 달러?

추측조차 되지 않았다.

그럼에도 최강철의 다짐이 헛된 망상으로 보이지 않은 건 그가 지금까지 이뤄온 일들이 전부 불가능에 가까웠다는 걸 옆에서 봐왔기 때문이다.

말을 하지는 않았지만 최강철의 의도를 단박에 눈치챌 수 있었다.

비룡의 주력은 항공기와 미사일, 인공위성을 포함해 우주 개척에 관한 것이다.

최강철은 이것들로 대한민국을 변화시킬 생각인 게 분명

했다.

잠시 침묵이 흘렀다.

충격을 받은 두 사람은 연거푸 술잔을 들어 올리며 생각에 잠겨 있었다.

그러나 곧 신규성이 남아 있는 의문을 풀기 위해 입을 열었다.

"회장님, 비룡 외에 앞으로 투자할 기업들이 있다고 했는데, 그게 뭡니까?"

"자동차와 바이오입니다."

"자동차는 지금 미국, 영국, 독일, 일본 등이 휘어잡고 있습니다. 우리나라도 몇 개 업체가 있지만 전부 국민들의 애국심에 호소하며 간신히 버티고 있는 중입니다. 그런 와중에 자동차 사업을 시작한다는 건 무리한 짓입니다. 그리고 바이오도 마찬가지예요. 무슨 뜻인지는 알겠지만 피닉스제약이 있잖습니까. 연구비만 잔뜩 들어가고 돈도 안 되는 바이오를 따로 건드릴 이유가 없습니다."

"저는 일반 자동차는 생산하지 않을 겁니다. 그리고 바이오도 마찬가지고요."

"그럼요?"

"연구에 집중할 겁니다. 차세대 자동차, 차세대 바이오 기술로 대한민국을 약진시켜 볼 생각입니다."

"허어······."

밑 빠진 독에 물 붓듯 돈을 쏟아붓겠다는 최강철의 말이 이해가 갔다.

이 정도 꿈을 꾸고 있다면 최강철이 벌어들인 돈을 해치우는 건 일도 아닌 것이다.

최강철의 입이 열린 건 답답한 표정을 짓고 있는 신규성의 빈 잔에 술을 따라주면서였다.

"사장님, 지금 삼성전자에 들어가 있는 돈이 얼마나 되죠?"

"5,000억 가까이 됩니다. 최근 2년 동안 미친 듯이 올랐거든요. 어제 종가로 14만 3천 원이었습니다. 우리가 산 평균 단가가 28,000원이니까 4배가 넘게 오른 겁니다."

"좋군요."

"저널들은 삼성전자의 미래를 엄청 밝게 보고 있습니다. 목표가를 25만 원으로 올려놓았는데 제가 봤을 때도 그 정도는 갈 것 같습니다."

"제 생각은 다릅니다."

"무슨 말씀이신지······?"

"삼성전자는 여기가 끝입니다."

"···설마요."

"내 말을 믿으십시오. 그러니 내일부터 삼성전자를 던지세요. 최대한 시장에 영향이 가지 않도록 팔란 말입니다. 앞으로 6개월 내에 우리는 삼성전자 주식을 전부 털어야 합니다. 금년 9월까지 전량 매도하세요."

"정말입니까?"

"제가 언제 빈말하는 거 본 적 있습니까?"

신규성과 김도환은 최강철의 단호한 지시에 얼굴을 굳혔다.

믿는다.

그동안 보여준 최강철의 판단은 한 번도 틀린 적이 없기 때문이다.

그럼에도 여전히 의문이 남았다.

최강철은 분명 삼성전자를 마이다스 CKC의 수중에 넣겠다는 의지를 여러 번 피력했기 때문이다.

"회장님, 지금 삼전의 주식을 전부 팔아버리면 어쩌실 생각입니까? 그렇게 되면 회장님께서 지시한 일은 물거품이 됩니다."

"지금 우리가 보유한 주식으로는 삼전을 먹을 수 없어요. 워낙 주가가 올라서 삼전을 먹으려면 1조 5천억은 더 필요합니다. 하지만 주가가 우리가 산 가격으로 다시 하락했을 때는 이야기가 달라지죠. 그땐 3,000억 정도만 더 있으면 삼전을 먹을 수 있어요."

"방금 말씀드린 것처럼 삼성전자의 전망은 더없이 밝습니다. 저널들의 평가뿐만 아니라 장래 발전성이 너무 뛰어나니다. 지금 반도체의 수요는 흘러넘치고 있어요. 아마 원래대로 주가가 떨어지려면 우리나라가 망해야 가능할 겁니다."

"그렇죠. 바로 그겁니다."

"예?"

신규성의 말에 순순히 최강철이 수긍하자 두 사람의 얼굴에서 황당함이 묻어 나왔다.

대한민국이 망한단 뜻인지, 아니면 삼성전자의 미래가 평가와 다르다는 것인지 알 수 없었다.

그랬기에 지금까지 이야기만 듣고 있던 김도환이 슬그머니 나섰다.

"회장님, 뭐가 그렇다는 겁니까? 혹시 우리나라가 망한다는 겁니까?"

"그렇습니다."

"음, 도대체 저는 그게 무슨 말씀인지 전혀 이해가 되지 않습니다. 우리나라가 왜 망한단 말입니까?"

"경제가 완전히 박살 날 테니 망하는 것과 다름없죠. 자본주의 사회에서 국고가 박살 나면 망하는 거 아닙니까?"

"그건 그렇지만 대한민국의 경제는 단단합니다. 정부 쪽의 분석도 그렇고 주요 경제학자들도 우리나라 경제 기초가 탄탄하다는 걸 인정하고 있어요. 그런 일은 벌어질 수 없단 말입니다."

"벌어질 겁니다. 이건 마이다스 CKC 미국 본사에서 분석한 결과예요. 한국은 몇 년 안에 디폴트 상태로 들어갈 겁니다."

"으……."

최강철은 그들에게 자세한 이야기를 해주지 않았다.

IMF 사태로 인해 대한민국이 얼마나 많은 고통에 시달렸는가.

수많은 기업이 도산했고 근로자와 자영업자들은 생활고를 견디지 못하고 목숨을 끊었으니 그야말로 지옥이나 다름없었다.

IMF의 근본적인 원인은 경제의 재벌 집중과 금융의 부실 운영이 결정적이었지만 최강철은 미국 본사의 분석이란 핑계를 댔다.

거대 헤지펀드들이 달려들어 한국을 잡아먹은 것은 그들에게 빌미를 마련해 준 정부와 재벌들의 잘못이었다.

"그래서 말인데요, 우리가 보유한 나머지 주식도 내년까지 모두 매도하십시오. 부동산도 마찬가집니다. 96년 말까지 무조건 팔아서 현금으로 확보하세요."

"회장님, 부동산은 안 됩니다. 지금도 우리가 확보한 빌딩들은 눈을 뜨고 나면 가격이 치솟고 있습니다. 그런데도 팔란 말입니까? 지금 팔면 다시 사기 어렵습니다."

"다시 말씀드리지만 나라가 망하면 주식이든 부동산이든 쓰레기로 변하게 됩니다. 나는 현금을 확보했다가 황금으로 변하게 될 쓰레기만 골라서 다시 주워 담을 생각입니다."

"만약 그렇게 되지 않는다면요?"

"그렇게 됩니다. 나를 믿으세요."

신규성의 얼굴은 밝지 못했다.

5,000억에 달하는 삼성전자 주식을 전량 매도하는 것도 환장할 노릇인데 나머지 주식과 빌딩까지 전부 처분하라고 하자 쉽게 받아들이기 어려웠다.

마이다스 CKC 한국 지부의 총자산은 1조 원에 달한다.

그동안 삼전의 주가가 무섭게 치솟았고 신규성이 자체적으로 운용하던 주식과 부동산 또한 몇 배씩 뛰었기 때문이다.

그 많은 자산을 처분한다면 마이다스 CKC는 대한민국에서 현금 동원력이 가장 큰 투자회사가 될 것이다.

그럼에도 아깝다는 생각이 멈추지 않았다.

이대로 묶어둔다면 계속해서 자산이 늘어날 것이라는 자신의 판단이 틀렸다고 인정하기 싫었다.

하지만 최강철은 신규성의 얼굴이 잔뜩 흐려졌음에도 연이어 지시를 내렸다.

"현금으로 확보한 돈은 5대 시중 은행에 분산 배치하세요.

그리고 절대 움직이지 마십시오."

"알겠습니다."

날카롭게 쏘아보는 최강철의 시선에 결국 신규성은 고개를 끄덕이고 말았다.

언제나 부드러운 시선을 보내던 최강철의 눈빛이 이렇게 바뀌었다는 건 그만큼 그의 의지가 강하다는 걸 의미한다.

"신 사장님, 이해되지 않을 수도 있지만 저를 믿어주시고 차질 없이 진행해 주시길 바랍니다. 그리고 피닉스는 어떻게 돼가고 있죠?"

"아시겠지만 예전 정동그룹은 재계 서열 17위에 불과했습니다. 건설을 비롯해 모든 계열사가 빠르게 예전 매출액을 되찾았으나 한계를 벗어나지 못하고 있습니다. 우리가 추진하고 있는 전략들이 효과를 나타내기 위해서는 많은 시간이 필요할 거예요."

"제가 나서면 어떻겠습니까?"

"회장님이 나선다고요?"

"제가 피닉스그룹의 홍보에 나서겠습니다. 그럼 매출 신장에 커다란 도움이 될 겁니다. 기업의 이미지도 강화될 거고요."

"그거야 당연하죠. 회장님이 광고모델로 나서만 준다면 매출이 몇 배로 늘어나는 건 시간문젭니다."

신규성이 펄쩍 뛰며 반겼다.

피닉스그룹의 인수와 투자는 전부 그가 추진한 것이었고 관리 역시 그의 책임하에 놓여 있었다.

전문경영인들에게 회사의 운영을 맡겼지만 재무구조의 지배권은 완벽하게 마아다스 CKC의 손아귀에 있었으니 피닉스그룹의 목숨 줄을 잡고 있는 건 신규성이나 다름없었다.

물론 최강철이 나선다면 이야기가 달라지겠지만 그는 모든 것을 신규성에게 맡겼기 때문에 그가 모든 전권을 행사하고 있었다.

그랬기에 최강철이 나서겠다고 하자 너무나 기뻤다.

욕심이자 야망이고 간절한 바람이기도 했다.

최강철의 의지와 목표를 듣는 순간 피닉스의 미래가 자신의 손에 달렸다는 책임감에 어깨가 무거웠다.

하지만 피닉스그룹은 파산의 여파에서 겨우 벗어났을 뿐 여전히 시장 지배력은 예전에 비해 크게 향상되지 않았다.

그런 와중에 최강철이 나서겠다고 하자 만세라도 부르고 싶었다.

그동안 텔레비전에 나가는 것을 극도로 꺼리던 최강철이 피닉스그룹의 광고에 출연한다면 매출액의 신장은 불을 보듯 뻔했다.

최강철은 누구나 사랑하는 국민의 영웅이었으니 그 파괴력은 무궁무진할 것이다.

"그럼 조만간 제가 나서야 할 광고들의 촬영 계획을 잡아보세요. 그동안 때 빼고 광도 좀 내야 되지 않겠습니까?"

"회장님은 그렇게 안 하셔도 됩니다. 워낙 원판이 좋잖습니까."

"하하, 고마운 말씀이네요. 하지만 안 믿습니다. 제 얼굴이야 뻔한데요, 뭘."

"회장님, 마이다스 CKC만 돕지 말고 우리 쪽도 도와주셔야 됩니다."

최강철의 웃는 걸 보며 잠자코 있던 김도환이 불쑥 나섰다.

그는 최강철이 피닉스그룹의 광고에 출연하겠다고 할 때부터 눈을 반짝이며 무슨 말인가를 하려고 입술을 달싹거리고 있었다.

"회장님, 총선이 일 년 앞으로 다가왔기 때문에 당이 바짝 긴장하고 있습니다."

"무슨 말씀이죠? 대한정의당은 지금 잘나가고 있잖아요?"

"여론은 좋죠. 하지만 그것이 지지율로 나타난다는 보장은 없습니다. 아시는 것처럼 우리나라는 양 당에서 각각 하나씩 영남과 호남에 깃발을 꽂고 있잖습니까. 지긋지긋한 지역감정 때문에 당에서는 호남과 영남 쪽의 승산이 거의 없는 것으로 분석하고 있습니다."

"음……"

"물론 다른 지역에서는 워낙 여론이 좋기 때문에 괜찮지만 대한정의당이 제1야당으로 크기 위해서는 영호남의 공략이 절대적입니다."

무슨 말인지 안다.

그동안 최강철은 대한정의당에 대한 뉴스와 김도환의 보고를 통해서 소식을 들었을 뿐 정치 쪽에 관여한 적이 없었다.

대한정의당은 지금까지 한 번도 창당했을 때의 초심을 잃지 않았다.

32명으로 구성된 대한정의당은 창당 후 2년 동안 국회에서 벌어지는 일들에 대해 오직 한 가지 목표로 달려왔다.

국가와 국민을 위한다는 목표 말이다.

그랬기에 대한정의당의 행보는 여야를 막론하고 파괴적이었다.

국가를 위하는 일이라면 집권당이 마련한 정책에 적극적으로 동의했고, 잘못한 것에 대해서는 필사적으로 반대했다.

제1야당은 그런 대한정의당의 행보를 비판했지만 국민들은 환호를 보내주었다.

당리당략을 벗어나 오직 한 가지 목표를 가지고 달려 나가는 대한정의당의 새로운 정치가 국민들의 심장을 저격했기 때문이다.

여론이 좋은 건 대한정의당에 소속되어 있는 의원들의 능력이 특출한 이유도 있었다.

전부 개성이 강했으나 그들은 청문회나 국감, 국회 활동에서 두드러진 성과를 올리며 언론의 조명을 한 몸에 받았다.

오죽했으면 대한정의당을 스타당이라고 불렀겠는가.

그럼에도 막상 선거 때가 되자 문제가 생겼다.

오랫동안 이어져 오던 지역감정 때문에 무조건 특정 당을 찍어대는 국민들의 성향이 문제의 핵심이었다.

"해결 방법은요?"

"회장님이 적극적으로 나서서 선거판에 뛰어들어야 합니다. 영호남만 집중적으로 공략해 주시면 이번 선거에서 획기적인 성과를 거둘 수 있어요."

"그러려면 우선 당원으로 가입해야겠군요."

"그래주시면 더욱 좋고요."

"알겠습니다. 그렇게 하죠. 조만간 제가 대한정의당에 가입한다고 발표해 주세요. 그리고 나중에 때가 되면 선거 일정도 주십시오."

"그래만 주시면 정우석 대표가 좋아할 겁니다."

"그 양반, 워낙 고지식해서 좋아할 것 같지는 않네요. 그분은 정공법 스타일이잖아요."

"많이 바뀌었습니다. 당대표를 하다 보면 변할 수밖에 없어요."

"하하, 그런가요?"

"그런데 회장님, 직접 총선에 나가실 생각은 없습니까?"

"이번엔 당원으로 가입만 하겠습니다."

"나가시기만 하면 무조건 됩니다. 굳이 다음으로 미룰 이유가 없습니다."

"사람은 누울 자리를 보고 다리를 뻗어야 된다고 배웠습니다. 제 나이 이제 31살에 불과합니다. 다른 나라와 다르게 아직 한국은 고지식하기 때문에 저를 제대로 평가해 주지 않을 거예요. 물론 당선은 되겠죠. 하지만 사람들은 제가 당선된 이유를 정치적인 능력으로 보지 않고 인기에 편승해서 배지를 달았다고 폄하할 겁니다. 저는 시작을 그렇게 하고 싶지 않습니다."

"어떤 미친놈들이 그런 말을 한답니까?"

김도환이 소리를 버럭 질렀지만 자신 없는 얼굴이다.

그 역시도 충분히 일리 있는 말이라는 걸 알기 때문이다.

최강철의 경력은 복싱 선수가 유일했다.

물론 최강철 스스로 자신이 가지고 있는 것들을 노출시키지 않았기에 발생한 일이지만 국민들은 그를 단순한 복싱 선수로 생각할 게 분명했다.

선거에 나가기 위해서는 준비가 필요했다.

국민들이 인정하는 타이틀이 필요하다는 뜻이다.

그랬기에 최강철은 씨익 웃으며 김도환의 똥 씹은 얼굴을 바라보았다.

"김 사장님이 나중에 그럴듯한 직책을 몇 개 준비해 주세요. 저도 천천히 명함을 파야 되지 않겠습니까?"

"알겠습니다. 국회의원들이 가지고 있는 것들이라 봐야 전부 허울 좋은 직책뿐이죠. 그런 걸 만드는 건 일도 아닙니다. 하지만 저는 진짜 좋은 직책으로 만들겠습니다. 더 지시하실 건 없습니까?"

"제우스의 경제팀을 이용해서 삼성의 지배 구조를 파악해 보세요. 그들의 순환출자 구조를 분석해 놓으란 뜻이에요. 무슨 말인지 아시겠죠?"

"순환출자는 왜요?"

똥 씹은 얼굴을 하고 있던 김도환의 표정에 금방 긴장감이 배어든다.

삼성전자를 먹기 위해서는 당연히 그룹의 순환출자 방식을 알아야 한다.

그랬기에 그는 이미 삼성전자의 주식을 보유하고 있는 총수 일가와 계열 기업들의 현황을 파악해 놓고 있었다.

하지만 최강철이 원하는 것은 그룹 전체의 지배 구조였다.

"제가 삼성전자를 수중에 넣으려는 건 그들의 불법 증여를 막기 위해서입니다. 삼성의 불법 증여를 막으면 대한민국에 존재해 오던 재벌들의 불법 증여를 어느 정도 때려 막을 수 있기 때문입니다."

"삼전을 먹으면 자연스럽게 삼성그룹은 도태될 수밖에 없습니다."

"아뇨, 그렇지 않아요. 저는 삼전을 먹겠지만 총수 일가는 그대로 둘 생각입니다. 저의 경영 철학대로 그림자 경영의 일환입니다. 그들에게 전문경영인으로서 지위를 확보해 줄 생각이에요."

"그럴 필요가 있을까요?"

"삼성은 피닉스그룹과 그 뿌리부터 다릅니다. 더군다나 현재 그룹 회장을 맡고 있는 총수는 능력이 뛰어난 사람입니다. 써먹을 건 써먹어야죠. 그러기 위해서는 삼성의 지배 구조부터 깨버려야 됩니다."

"완벽하게 끊어버릴 생각입니까?"

"가능하다면 할 생각입니다. 재벌의 불법적인 증여는 반드시 사회정의를 위해서라도 차단해야 하니까요."

　대일기획 기획팀장 민무일은 광고팀장 이영민과 여유 있게
커피를 마시다가 손님이 찾아왔다는 팀원의 보고를 받고 눈
을 돌렸다.

　자신을 찾아오는 사람은 수도 없이 많았다.

　대일기획은 대한민국 3대 광고기획사로 손꼽혔기 때문에
올해만 해도 50여 편의 굵직한 텔레비전 광고를 찍었고, 각종
광고 역시 잘 찍는 것으로 유명한 회사였다.

　"누군데?"

　"피닉스그룹에서 왔다고 하는데요."

　"피닉스?"

　민무일이 반문하면서 슬그머니 엉덩이를 치켜들었다.

　피닉스라면 파산한 정동그룹의 또 다른 이름이고 마이다스
CKC란 유명한 투자 기업에 인수되어 재탄생했다고 알려진 기
업이다.

　당연히 엉덩이를 들 수밖에 없었다.

　기업에서 왔다면 광고 의뢰와 관련된 방문일 수도 있기 때
문이다.

　더군다나 피닉스는 자신들과 전혀 거래가 없는 회사였기에

순식간에 몸에서 열이 올라왔다.

그럼에도 의문이 들었다.

기업에게 광고 회사는 밥이나 다름없는 존재이다.

오라면 달려가야 했고 죽으라면 죽는 시늉까지 해야 하는 약자 중의 약자였다.

그런 그들이 직접 왔다는 게 이상했지만 민무일은 눈을 치켜뜨고 팀원을 닦달했다.

"어디에 있어?"

"사장실로 오시랍니다."

"야, 그럼 그것부터 말했어야지! 어째 아직도 너는 똥인지 된장인지 구분을 못 하냐?"

엉덩이를 들고 있던 민무일이 소리를 버럭 지른 후 100m 달리기 선수처럼 사장실로 달렸다.

'이런 젠장!'

사장실로 오라는 건 광고 의뢰일 가능성이 99%였다.

숨을 헐떡거리며 사장실로 들어서자 대머리 사장 정용찬이 눈을 치켜뜨고 빨리 오라는 눈치를 보내왔다.

슬그머니 인사를 하고 다가서자 사장 앞에 있는 두 명의 사내가 보인다.

검은 양복을 멋들어지게 차려입은 사내들은 전형적인 엘리트의 표상이었다.

"민 팀장, 인사해. 피닉스그룹 본사에서 오신 분들이야."

"안녕하십니까. 기획팀장 민무일입니다."

"반갑습니다. 저는 피닉스그룹 본사에서 나온 홍보실장 송창식입니다."

"홍보차장 정동호입니다."

사내들이 명함을 꺼내자 민무일이 급히 자신의 명함을 꺼내 들었다.

명함이 멋있다.

황금색으로 불사조가 그려진 명함은 한글과 영문으로 작성되었고, 요즘 들어 유행하고 있는 이메일까지 담겨 있었다.

민무일이 자리에 앉자 상급자인 송창식이 웃음을 머금고 말을 붙여왔다.

"민 팀장님이 대일기획의 실세라고 하시더군요. 모든 광고 의뢰는 민 팀장님이 컨트롤한다고 하던데요?"

"아이고, 그럴 리가 있겠습니까."

대답은 그렇게 했지만 사실이다.

비록 사장이 있지만 광고에 관한 모든 스케줄은 그가 조정하고 관리한다.

"사장님께 일단 말씀드렸지만 우리 피닉스그룹은 대일기획에 광고를 의뢰할 생각입니다."

"그렇습니까. 그런데 어떤 광고를 원하시는지……?"

"저희 그룹 계열사 14개 기업에 대한 광고입니다. 건설, 제약, 증권 등 모든 기업에 대한 홍보 팸플릿을 가져왔으니 먼저 보시죠."

"14개 기업을 전부 다요? 정말이십니까?"

"설마 저희가 놀러 온 것으로 보이는 건 아니겠죠?"

"죄송합니다. 제가 실례를 한 것 같습니다."

민무일이 펄쩍 뛰자 송창식의 얼굴에 미소가 흐른다.

당연한 반응을 즐기는 슈퍼 갑의 너그러운 미소였다.

"특정 제품을 홍보하는 것이 아니라 기업을 홍보하는 콘셉트입니다. 우리는 1년 안에 모든 광고를 터뜨리고 싶은데요. 괜찮겠습니까?"

"그럼요. 당연히 괜찮죠."

민무일은 송창식의 말에 대답을 하지 않으면 금방이라도 죽을 것처럼 미친 듯이 고개를 흔들었다.

지금도 촬영 계획이 빡빡하게 잡혀 있었으나 그런 건 중요한 게 아니었다.

그룹사의 전체 기업을 홍보한다는 건 피닉스그룹에서 나오는 특정 제품 광고도 참여할 수 있다는 걸 의미하기 때문이다.

그러나 함지박만 하게 벌어진 그의 입은 송창식의 마지막 말을 듣는 순간 멈춘 채 움직이지 못했다.

얼마나 충격을 받았는지 그의 눈은 찢어질 것처럼 커졌는데 옆에서 듣고 있던 사장의 눈도 마찬가지였다.

"모든 광고의 모델은 단 한 명만 쓸 겁니다. 바로 최강철 선숩니다. 그분이 14개의 광고에 똑같이 출연할 거니까 촬영 스케줄을 최대한 효율적으로 잡아주시기 바랍니다."

제49장
정의란 이름으로

　일주일 전 9차 방어전을 KO로 승리한 홀리오 바스케스는 자신의 형이자 트레이너인 홀리오 카라우와 함께 텍사스에서 머물고 있었다.

　이제 9차 방어전을 성공시켰기 때문에 복싱 팬들은 그를 4대 천왕에 올려놓으며 영웅으로 칭해주었지만 그의 얼굴은 밝지 못했다.

　이번 방어전으로 받은 파이트머니가 불과 3백만 달러밖에 되지 않았기 때문이다.

　자신과 같은 체급에 있는 최강철은 레너드와의 대결에서

3,000만 달러를 벌어들였으니 그놈은 자신의 10배에 달하는 돈을 받았다.

억울했다.

실력으로는 자신이 절대 약하지 않았음에도 최강철이 훨씬 더 많은 돈을 번다는 사실을 받아들이기 힘들었다.

물론 전설인 레너드와의 대결이었기에 그런 결과가 나온 것이겠지만, 그럼에도 시장의 평가는 놈에게 너무 후했다.

레너드와 싸우겠다고 말한 것은 자신이 먼저였다.

그가 전설로 불린 것은 과거이고 자신은 현재 무적을 자랑하며 승승장구하고 있었으니 충분히 이길 수 있다는 자신감이 있었다.

하지만 결국 레너드는 자신을 피하고 최강철을 선택했다.

이유는 간단했다.

최강철이 현재 최고의 기량을 뽐내며 절정의 인기를 구가하고 있기 때문에 큰 파이트머니를 받을 수 있다는 것뿐이었다.

또 한 가지 이유를 든다면 레너드는 자신을 피하고 싶었을 것이다.

자신의 핵주먹은 덤비는 순간 박살이 날 정도로 도전자들에게 공포 그 자체였으니 말이다.

그랬기에 바스케스는 최강철이 자신을 향해 통합 타이틀을 제안하는 순간 뒤도 돌아보지 않고 싸우겠다는 의사를 밝혔다.

놈을 꺾어 진정한 챔피언이 누군지 보여주고 싶었다.

방어전을 성공시키자 휴식을 취하는 텍사스까지 자신의 프로모터인 챨리 험이 찾아온 것도 바로 그 때문이었다.

챨리 역시 최강철과의 통합 타이틀전에 적극적이었는데 큰돈을 만질 수 있는 기회이기 때문일 것이다.

그러나 자신의 형인 카라우는 챨리의 제안을 일거에 뿌리쳐 돌아가게 만들었다.

아무 소리 하지 않았다.

카라우는 형 이전에 자신에게는 아버지와 다름없는 존재였기 때문이다.

"바스케스, 세상엔 말이다. 천천히 가야 하는 길과 미친 듯이 달려가야 하는 길이 있어. 네 마음은 알지만 지금 우리는 천천히 걸어가야 한다. 조급하게 덤빌 일이 아니야. 형을 믿어라. 우리는 반드시 허리케인을 꺾어 바스케스가 최고라는 것을 세상에 알릴 것이다. 하지만 지금은 천천히 가야 해. 조급한 건 그놈이지 우리가 아니야. 우린 최고의 조건으로 놈과 싸울 수 있을 때까지 버텨야 해. 무슨 말인지 알겠어?"

*   *   *

홀리오 바스케스는 끈질기게 돈 킹의 제안을 거부했다.

시합을 하기 위해서는 최강철과 동등한 파이트머니를 내놓으라는 것이 그의 주장이었다.

돈 킹으로서는 절대 받아들일 수 없는 주장이었다.

아무리 그가 막강한 챔피언이라 해도 최강철과 같은 조건에서 링에 오른다는 것은 말이 되지 않았다.

최강철은 그가 하지 못한 일들을 이뤄낸 영웅이었다.

듀란, 헌즈, 레너드를 모두 격파하고 천하를 통일해 낸 영웅에게 겸상을 하겠다는 것 자체가 우스운 일이었다.

돈 킹의 말을 들은 최강철도 서두르지 않았다.

밥은 뜸이 들면 익는다.

시합도 마찬가지란 생각을 했다. 바스케스의 의중이 정확하게 읽혀졌다.

그의 진영에는 분명 여우 같은 전략가가 숨어 있는 게 분명했다.

그럼에도 상관없다.

그가 자신과의 시합을 피하지 않겠다고 큰소리를 칠 때부터 이 시합은 성사된 것이나 다름없기 때문이다.

바스케스는 세계 챔피언이었고 두려움을 모르는 강자 중의 강자였으니 때가 되면 자연스럽게 시합이 이뤄질 것이다.

그랬기에 그는 다시 한번 돈 킹의 제안에 따라 6월에 방어전을 치러 상대를 KO로 쓰러뜨렸다.

상대는 파나마의 아미레스이고 세계 랭킹 6위였다.

이번 경기도 그의 압도적인 승리였다.

아미레스는 경기 초반부터 최강철의 공격에 두려움을 잔뜩 지닌 채 제대로 공격조차 해보지 못하고 2라운드 만에 캔버스를 침대 삼아 드러누워 버렸다.

참으로 싱거운 승부였다.

최강철이 방어전을 성공한 후 가진 인터뷰는 또다시 세계 복싱 팬들을 열광시켰다.

"바스케스, 당신은 예전에 나와 싸우겠다고 말했지만 갖은 변명으로 일관하며 대결을 피하고 있습니다. 그것이 당신의 진정한 뜻이라면 나는 더 이상 당신과 시합하지 않을 생각입니다. 나는 두려움을 가진 자와는 싸우는 걸 좋아하지 않기 때문입니다. 마지막으로 다시 한번 제안합니다. 이번에도 당신이 나와의 시합을 피한다면 나는 웰터급으로 체급을 내려 휘네커 선수와 싸울 겁니다. 그러니 조만간 대답을 해주시기 바랍니다."

최강철의 제안에 언론은 그냥 있지 않았다.

마지막 선포.

이대로 바스케스가 계속 시합을 피한다면 최강철은 정말 체급을 내려 휘네커와 싸우게 될지도 모른다.

언론 전체가 들고일어났다.

만약 바스케스가 끝까지 최강철과의 시합을 피한다면 4명의 히어로가 갖게 될 2차세계대전의 구도가 헝클어지기 때문이다.

그래서는 절대 안 된다.

세계 복싱 팬들을 위해서도, 식구들의 밥줄이 달린 기자들을 위해서도 그런 일은 절대 일어나서는 안 되었다.

그랬기에 전 세계 언론은 바스케스의 비겁함을 비난하며 거세게 최강철의 제안을 받아들이라고 압박을 이어나갔다.

*   *   *

중앙일보의 정찬수는 여의도에 있는 대한정의당 당사에 들어서며 고개를 갸웃거렸다.

요즘은 바빠서 야근을 밥 먹듯 했기 때문에 그의 눈에는 피곤함이 가득 들어 있었다.

그럼에도 두뇌가 돌아가는 속도는 조금도 줄어들지 않았다.

당사 브리핑실에 들어서자 30여 명의 기자가 몰려 있는 게 보였다.

거기에 양대 방송사의 카메라까지 대기하고 있는 걸 보니 제법 큰 건인 모양이다.

다시 한번 고개를 갸우뚱거렸다.

대한정의당에서 중대 발표가 있다고 했지만 집권당과 제1야당 쪽에서도 계속 큰 뉴스거리가 쏟아졌기 때문에 이 정도의 기자들이 몰려드는 건 쉬운 일이 아니었다.

도대체 무슨 일일까?

어젯밤 야근하고 늦게 일어났는데 그사이에 무슨 일이 벌어진 모양이다.

부장은 사정을 빤히 알면서 방방 소리를 지르며 무조건 빨리 가보라는 지시만 내렸기에 자세한 내용도 모르고 온 것이다.

그랬기에 정찬수는 동아일보의 전준택의 옆구리를 슬며시 찔렀다.

"야, 뭐래?"

"몰라. 어쨌든 큰 건인 것 같다. 흘러나온 정보로는 엄청난 인물이 대한정의당에 가입한다는 거야."

"겨우 그거냐? 난 또 뭐라고. 엄청나 봤자 얼마나 더 대단하겠어? 설마 전임 대통령이 당적을 옮겨서 이쪽으로 온다면 모르겠다."

전준택의 대답을 들은 정찬수가 하품을 길게 뿜어냈다.

아직도 계속된 피로가 풀리지 않았나 보다.

하긴 사우나장에서 새우잠을 자고 나왔는데 무슨 피로가

풀렸겠는가.

하도 숨넘어가는 소리를 해서 와봤더니 요즘 각 당에서 유행하고 있는 인사 영입에 관한 얘기였다.

그 정도는 뉴스거리도 안 된다.

지금은 각 당에서 공천 결과가 속속 나오는 중이라 국민들의 시선은 전부 그쪽에 쏠려 있는 실정이었다.

하지만 연신 하품을 하던 그의 눈이 찢어질 것처럼 커진 것은 여기저기에서 웅성거리는 소리가 들려오더니 곧이어 고함이 터지기 시작할 때였다.

문이 열리며 대한정의당의 수뇌부가 들어왔는데 그들의 뒤를 따라 최강철이 들어서는 걸 뒤늦게 확인했기 때문이다.

30여 명의 정치부 기자의 고함 소리는 국민 영웅 최강철의 등장에 따른 단순한 놀람에서 비롯된 것이었다.

하지만 그 고함 소리는 곧 비명으로 변해갔다.

시큰둥한 표정으로 자리를 지키고 있던 기자들이 전부 일어나 카메라를 찾으며 소리를 고래고래 질렀기 때문에 브리핑실은 금방 난장판으로 변하고 말았다.

대사건이자 특종 중의 특종이었다.

국민 영웅 최강철이 나타났다는 것은 그가 이번에 대한정의당에서 새롭게 영입했다는 인물이란 뜻이다.

　　　　*　　　　　　*　　　　　　*

　집권당의 사무총장 황규철은 중진들과 모여 앉아 공천을
마무리하느라 저녁까지 함께하고 다시 당사로 들어왔다.

　치열한 각축전.

　이번 선거는 4파전이 될 가능성이 컸다.

　재벌 총수가 대통령이 되기 위해 만든 야당은 지리멸렬한
상태로 절단이 났고, 대신 대한정의당이란 떨거지들이 갑자기
나타났다. 하지만 대통령 선거에서 진 야당의 총재가 돌아와
제1야당의 전권을 틀어쥐었고 군부 정권에서 총리까지 지낸
거물이 충청권의 맹주를 자임하며 새로 당을 만들었기 때문
이다.

　근본적으로 영남의 의석수가 호남을 압도하는 현 상황에서
는 지역 구도로 몰아가면 무조건 집권당이 승리할 수밖에 없
었다.

　더군다나 아직까지 보수의 깃발이 국민들에게 먹혀들어 가
는 상황에서 최근 발생한 북한의 도발이 어우러지며 이번 선
거는 유리한 국면이 계속 진행되고 있었다.

　문제는 당내의 각축전이 치열하다는 것이다.

　대통령이 직접 공천에 참여하겠다는 선언을 한 상황이었기
에 벌써 공천 명단이 5번이나 청와대에 들어갔다 나왔다.

이번이 마지막이었다.

영남의 공천권에서 마지막 각축전을 벌이던 5명의 명단을 작성해서 넘겨주면 공천 작업은 마무리가 되기 때문에 한숨을 돌릴 수 있었다.

강릉을 지역구로 하고 있는 3선 의원이자 공천 추천 위원회의 한 명인 정유화가 문을 박차고 뛰어 들어온 것은 마지막 남은 대구 수성구를 놓고 갑론을박하고 있을 때였다.

"총장님, 큰일 났습니다!"

"무슨 일입니까? 물 빼러 갔다 온다더니 무슨 일이에요?"

정유화의 호들갑에 사무총장 황규철이 인상을 찌푸렸다.

마지막 남은 한 자리 때문에 가뜩이나 골치 아파 죽겠는데 화장실을 간다고 나간 정의화의 행동에 토론이 중지되었기 때문이다.

"최강철이… 최강철이 대한정의당에 입당했답니다!"

"뭐라고요?"

정유화의 말에 그를 바라보던 5명의 공천 추천 의원이 전부 자리에서 벌떡 일어났다.

특히 사무총장 황규철은 버럭 소리까지 질렀는데 정말 크게 놀란 모양이다.

그 모습에 정의화의 입이 급하게 열렸다.

"오후 5시에 대한정의당 기자실에서 입당식을 가졌답니다.

지금 언론에서는 그것 때문에 난리가 아닙니다."

"어이구!"

비명 소리가 저절로 흘러나왔다.

황규철은 공천 심사가 모두 끝나면 당대표인 하영일을 도와 선거 전략 본부장을 맡기로 되어 있었는데 최강철이 대한정의당에 입당했다는 소리를 듣자 안색이 허옇게 변했다.

그만큼 충격적이었기 때문이다.

최강철의 대한정의당 입당은 단순한 복싱 선수의 가담에 그치지 않는다.

그가 지닌 무게는 현재 대통령보다 더 파괴력이 크다는 이야기가 공공연하게 나올 정도였으니 최강철의 입당은 충격적일 수밖에 없었다.

"지금 텔레비전을 켜시면 나올 겁니다. 일단 보고 의논하시죠."

정의화가 사무실에 놓여 있는 텔레비전을 켜자 마침 MBC에서 최강철의 입당 소식이 나오고 있었다.

침묵.

기세등등한 모습으로 도열해 있는 대한정의당 수뇌부의 얼굴에서 천하를 다 얻은 것 같은 자신감이 배어 나오고 있었다.

―제가 대한정의당에 입당한 것은 대한정의당이 가지고 있는 정치관이 저와 일치하기 때문입니다. 대한정의당은 창당 이래 지금까지 당리당략을 떠나 오직 대한민국의 발전을 위해 뛰어왔습니다. 국민 여러분, 저 최강철은 그동안의 구태의연한 정치에서 벗어나 깨끗하고 정의로운 대한정의당의 새정치 문화에 감명을 받았기에 결연한 마음으로 입당을 결심하게 되었습니다. 국가와 국민을 위해 한 올의 부끄러움도 없이 희생할 수 있다는 정신, 그 정신을 가진 대한정의당을 위해 이 한 몸 최선을 다해 봉사할 생각입니다.

정신이 멍해졌다.

선거 전략실에서는 제1야당보다 대한정의당이 오히려 더 까다로운 상대라는 분석을 내놓고 있었는데, 제1야당은 호남에서 기세를 올리는 게 전부였지만 대한정의당은 서울, 경기는 물론이고 충청권까지 폭넓은 지지율을 가지고 있어 여러 곳에서 접전이 예상되었기 때문이다.

특집 뉴스가 끝나자 공천심사위원회에 참석한 의원들의 얼굴이 심각하게 굳어졌다.

그들 역시 최강철이 지닌 파괴력을 너무나 잘 알기 때문이다.

"이거 큰일 났구먼. 내가 지금 청와대에 들어가야겠소. 일단 대구 수성은 마영찬으로 갑시다. 비록 현역인 신문수 의원이 순순히 받아들이지 않겠지만 코드원의 뜻이 우선이지 않겠소."

*　　　　　*　　　　　*

시간은 빠르다.

마이다스 CKC에서 15개 계열사를 통해 삼성전자를 매도하기 시작한 것은 6개월 전의 일이었다.

현재 시가로 무려 5,500억이란 거액이 야금야금 매도되었는데 신규성은 어느 누구도 알 수 없을 정도로 완벽하게 모든 주식을 처분해 버렸다.

물론 시장 상황이 워낙 좋았기에 가능한 일이었다.

삼성전자는 반도체 호황과 가전제품이 날개 돋친 듯 팔리며 주가가 연일 상승 곡선을 그리고 있었기 때문에 그 어느 때보다 거래량이 많았다.

최강철이 신규성의 전화를 받고 마이다스 CKC의 사무실에 찾아갔을 때 그는 거의 녹초가 되어 있었다.

"어서 오십시오."

"고생 많으셨습니다."

"뉴스에서 보니까 결국 대한정의당에 입당하셨더군요. 김 사장님 성화가 대단했던 모양이죠?"

"예, 그 덕분에 시합이 끝나자마자 총알같이 날아왔습니다. 이러다가 잘못하면 집사람한테 쫓겨날 판이에요."

"하하하, 엄살이 심하십니다."

"엄살이라뇨. 결혼한 지 불과 1년 반밖에 안 됐는데 사업하고 시합하느라 집사람 얼굴도 제대로 못 봤어요. 이러다가는 정말 쫓겨나는 건 시간문젭니다."

"회장님이야 돈 버느라 그렇지만 저는 뭡니까. 전 회장님 돈 벌어주느라 마누라한테 쫓겨날 판이에요."

"그건 또 무슨 소립니까?"

"몰라서 그러는 건 아니죠? 6개월 동안 주식 파느라 내내 신경을 썼더니 온몸이 안 아픈 데가 없어요. 회장님, 술 사주십시오. 이럴 때는 역시 술이 보약이에요."

"하하하, 어디로 모실까요?"

"이왕이면 강남으로 갑시다. 오랜만에 분 냄새 좀 맡게 해주십시오."

"사장님은 그런 거 좋아하지 않는 걸로 아는데 웬일이세요. 그 말씀 정말입니까?"

"농담입니다. 같이 나가서 저녁이나 드시죠. 오늘은 모든 일을 끝냈으니 집에 가서 마누라한테 봉사하렵니다."

"잘 생각하셨습니다."

최강철이 밝게 웃자 신규성도 따라 웃었다.

하지만 그 웃음은 금방 신중함으로 바뀌었다.

"그런데 회장님, 정확하게 현금으로 5,537억입니다. 이 큰돈을 정말 그냥 은행에 묶어놓을 생각이십니까?"

"그럴 겁니다. 대신 보유한 현금으로 달러를 매입하세요."

"허어, 나는 정말 이해가 되지 않아요. 지금 같은 시기에 이런 거금을 은행에 썩히다니요. 더군다나 회장님은 다른 주식들과 부동산까지 처리하라고 하셨잖습니까. 그 돈을 전부 합하면 1조가 넘는단 말입니다. 그걸 전부 달러로 바꾸라고요?"

"반드시 그렇게 하셔야 됩니다."

"회장님은 확신을 하시는 것 같군요. 우리나라에 닥쳐올 위기를 외환으로 보시는 거죠?"

"그건 당연한 거 아닌가요?"

"음······."

신규성의 입에서 긴 신음이 흘러나왔다.

하긴 최강철의 말대로 국가가 디폴트 상태에 몰린다는 건 외환 위기가 원인이다.

최강철의 입이 다시 열린 것은 그의 표정이 굳어질 대로 굳어진 때였다.

"부동산은 어떻게 돼가고 있죠?"

"이미 반쯤 처분했습니다. 거기서 들어온 돈이 1,000억이 넘어요. 아이고, 그러고 보니 배가 터질 것 같네요. 워낙 큰돈을 만지다 보니까 이건 뭐, 돈이 돈으로 보이지 않아요."

"나머지는요?"

"지금 계속 매수자가 나타나고 있기 때문에 조만간 해결될 거예요. 워낙 물건이 좋아서 사겠다는 자들이 많습니다."

"최대한 빠르게 처리하세요. 삼전이 끝났으니 이제 다른 주식들도 처분하시고요."

"정말 그렇게까지 해야 됩니까?"

"말씀드린 것처럼 우리나라에 곧 위기가 찾아올 겁니다. 그때 우린 그 돈을 바탕으로 엄청난 돈을 벌어들일 수 있어요."

"이번에도 맞는다면 난 회장님을 귀신으로 생각할 겁니다. 아무도 그렇게 생각하지 않는데 왜 회장님만 그렇게 생각하는지 도대체 알 수 없군요. 더군다나 나라가 망할 정도면 그 돈으로 무슨 돈을 번단 말입니까. 나라가 망하면 은행도 자연스럽게 망하게 되어 있어요. 혹시 가진 돈을 전부 달러로 바꿔서 외국으로 도망갈 생각은 아니죠?"

"사장님은 아직도 왜 회사 이름이 마이다스인지 이해하지 못하신 것 같네요. 마이다스는 말입니다, 건드리면 모두 황금으로 만드는 마법의 손을 가진 인물이에요. 두고 보십시오. 나는 그 돈으로 수십 배의 돈을 벌어들일 겁니다."

"마이다스가 회장님이란 뜻입니까?"

"그렇습니다."

대일기획의 민무일은 팀원들과 함께 초긴장 상태로 누군가를 기다렸다.

거의 보름 동안 텔레비전에서는 최강철의 정치 입문 소식에 난리가 나 있었지만, 그는 팀원들과 광고 촬영 계획을 마무리하느라 밤잠까지 설쳐가며 일을 했다.

피닉스그룹의 요구 사항은 간단했지만 무척 고달픈 것이었다.

1년 이내에 모든 광고가 방송될 수 있도록 준비해 달라고 했으니 전 직원이 6개월 내내 정신없이 움직여야 한다.

회의실에는 광고팀장을 비롯해 광고 촬영에 투입되는 주요 스태프가 전부 앉아 있었는데 그들 역시 긴장감을 숨기지 못하고 있었다.

피닉스그룹이 제시한 시한에 맞추느라 팀원들의 얼굴은 초췌할 대로 초췌해진 상태였다.

그리고 오늘 드디어 메인 광고모델이 대일기획으로 온다.

대한정의당 입당으로 정치판을 발칵 뒤집어놓은 당사자.

대한민국 국민의 사랑을 한 몸에 받으며 국민 영웅으로 불리고 있는 바로 그 사람, 최강철이 지금 엘리베이터를 타고 올라오는 중이었다.

엘리베이터 앞에는 사장과 중역들이 직접 영접을 나가 있는 상태였고, 피닉스그룹의 홍보 담당 임원까지 나와 있었기 때문에 그들은 지금 회의실에서 숨도 쉬지 못한 채 기다릴 수밖에 없었다.

"아휴, 긴장돼 죽겠네."

콘티 작가인 서정화가 온몸을 배배 꼬며 중얼거리는 소리가 회의실 전체에 울렸다.

그녀는 자신도 모르게 흘린 말이었지만 워낙 조용했기 때문에 회의실에 있는 사람들이 전부 들을 수 있었다.

이윽고 문이 열리며 대머리 사장이 내시처럼 문을 여는 모습이 보였다.

그런 후 거짓말처럼 꿈속에서도 만나고 싶던 최강철이 들어왔다.

숨이 턱 막히는 것 같았다.

직접 눈으로 보게 되자 그의 모습이 신기루처럼 느껴졌다.

"반갑습니다, 여러분. 최강철입니다."

굵고 낮은 목소리, 그러나 한없이 부드러운 음성이기도 했다.

민무일이 급히 마주 인사를 하며 차례대로 광고에 참여할 팀원들을 소개해 주자 최강철은 일일이 악수를 청하며 인사를 했다.

뒤에서 그 모습을 보는 민무일은 한숨을 길게 내려뜨렸다.

방귀깨나 뀐다는 스타들은 대부분 촬영에 들어가는 상견 례 자리에서 스태프들을 향해 이렇게 인사를 하지 않는다.

뻣뻣한 고개를 슬쩍 숙이는 정도에 그치는 것이다.

하지만 최강철의 태도는 그들과 완전히 달랐다.

'저런, 저런.'

스태프의 반이나 차지하고 있는 여자들이 최강철과 손을 잡는 순간 몸을 부르르 떠는 게 눈으로 들어왔다.

'쯧쯧.'

하기야 그럴 수도 있겠지만 여자들의 반응은 생각 이상으 로 컸다.

여자들이 뽑은 인기 순위에서 최강철은 지금까지 3년 내리 1위의 자리에 올라 있었다.

그만큼 꿈속에서조차 보고 싶던 워너비 스타란 뜻이다.

특히 오래전부터 몸을 배배 꼬고 있던 서정화는 최강철이 손을 잡자 대뜸 입을 열어 사람들을 놀라게 만들었다.

여자이기 이전에 회사원이고 이 자리에는 사장과 발주처의 임원까지 있었음에도 그녀는 자신이 하고 싶던 말을 숨기지 않았다.

"최강철 선수를 정말 보고 싶었어요."

"그랬군요."

"당신을 정말 좋아하고 있습니다. 최강철 선수를 처음 만난 이 순간을 저는 평생 동안 잊지 못할 거예요."

"감사합니다. 그렇다면 더 큰 추억을 드려야겠네요."

빙긋 웃은 최강철이 손을 빼더니 가볍게 서정화를 품에 안아주었다.

허그다.

그러자 서정화가 최강철의 품에 안긴 채 두 눈을 꼭 감았다.

전혀 예상하지 못한 최강철의 행동에 그녀는 이 순간을 영원히 느끼고 싶어 하는 것 같았다.

그 모습을 보면서 먼저 인사한 여자들의 입에서 안타까운 탄식이 흘러나왔다.

인사가 끝나고 사장실에서 광고주인 피닉스그룹의 홍보 임원과 함께 촬영 스케줄에 대한 설명이 이어졌다.

최강철은 그의 설명에 담담한 표정으로 고개를 끄덕이며 자신의 궁금증을 몇 가지 묻기만 했는데 더없이 진중한 모습이었다.

최강철이 촬영하는 광고의 콘셉트는 14개가 전부 달랐다.

복싱하는 장면이 전부 몇 컷씩 들어가지만 가장 중요한 것은 기업의 특성에 맞춰 홍보 효과를 극대화하는 것이었다.

특정 제품을 광고하는 것이 아니기 때문에 콘티를 짜는 게 더 어려울 수밖에 없었다.

피닉스그룹의 이미지와 최강철의 이미지를 하나로 묶는 작업이 이 광고의 핵심이기 때문이다.

*   *   *

"광고를 찍는단 말이야?"

"예, 총장님."

"도대체 그놈의 속셈이 뭔지 모르겠군. 입당을 했으면서 총선에는 출마하지 않고 엉뚱하게 광고를 찍어?"

제1야당의 사무총장 문대국이 입술 끝을 끌어 올리며 인상을 찌푸렸다.

최강철의 대한정의당 가담으로 인해 총선판 전체가 흔들거리고 있었다.

자체적으로 보유한 연구소에서는 며칠 동안 최강철로 인한 영향력을 분석한 결과 충격적인 보고를 해왔다.

가장 큰 타격을 받는 건 집권당이었지만 그들 역시 상당한 피해를 받게 될 것이라는 내용이었다.

보고서의 내용은 당연히 최강철이 출마한다는 걸 전제 조건으로 깔아놓은 것이었다.

그랬기에 그가 출마할 지역구는 여야를 구분하지 않고 초미의 관심사였다.

이미 공천이 확정된 상태였기 때문에 최강철이 나오는 지역구의 공천자는 그 누구라도 물벼락을 맞을 게 분명했기 때문이다.

하지만 며칠 만에 대한정의당은 최강철이 총선에 참여하지 않는다는 사실을 발표했고, 입당 후 한동안 모습을 감춘 최강철은 엉뚱하게 광고판에 모습을 드러냈다.

"이 의원 생각은 어때?"

사무총장 문대국이 묻자 이민상의 살짝 숙여졌던 고개가 빳빳하게 올라왔다.

이민상은 문대국의 오른팔로서 이번 공천 심의에 참여한 야당의 실세 중 한 명이었다.

"총장님, 최강철은 피닉스그룹의 광고에 출연하고 있습니다. 제가 알아본 결과 14개 기업의 광고를 전부 찍는답니다."

"그러니까 갑자기 왜? 놈은 지금까지 한 번도 광고에 출연한 적이 없잖아. 혹시 피닉스그룹과 밀접한 관계가 있나?"

"외형적으로는 전혀 없습니다. 그렇지 않아도 그 부분에 대해서 집중적으로 파고들었는데 피닉스 관계자들조차 왜 최강철이 광고에 출연하는지 모르더군요."

"그럼 돈 때문이야? 그 자식, 복싱으로 번 돈을 전부 고아원과 장학금에 쏟아부어서 돈이 없다며?"

"그럴 수도 있겠지만 제 생각엔 그건 아닌 것 같습니다."

"하아, 답답하구먼."

"광고를 전부 찍는 데 한 달이면 끝난답니다. 그래서 아직 확신을 하기 어렵습니다. 그놈이 단순 가입으로 끝날지 총선에 개입할지는 조금 더 지켜봐야 할 것 같습니다."

"여당의 움직임은?"

"아직까지 별다른 움직임을 보이고 있지 않습니다."

"우리보다 그자들이 더 답답할 텐데?"

"지금 열심히 물속에서 움직이고 있겠죠. 우리도 마찬가지지만 그자들도 쉽지 않을 것 같습니다. 저희가 훑은 바로는 완벽에 가까울 정도로 깨끗하거든요. 그놈은 정말 미친놈입니다. 분당 땅을 판 돈으로 잠깐 삼성전자의 주식을 사기도 했지만 작년에 전부 팔아서 추가적으로 고아원을 설립하는 데 쏟아부었습니다. 최강철이 운영하는 고아원은 이제 45개에 달합니다. 주요 도시마다 전부 하나씩 만들었는데 엔젤 재단의 장기 목표는 100개까지 설립하는 거랍니다. 그것도 세계 최고 수준의 고아원을 말입니다."

"혹시 거기서 나오는 것도 없나?"

"없습니다. 저 역시 이해할 수 없기 때문에 집중적으로 파봤는데 최강철은 엔젤 재단을 설립한 후 지금까지 500억 정도를 지원했습니다. 복싱하면서 번 돈과 분당 땅으로 이득 본

돈의 대부분이 들어간 것입니다. 총장님도 아시겠지만 고아원을 운영하면서 뱃속을 채운 놈들과는 근본적으로 다릅니다."

"휴우, 그래서 무섭다는 거야. 진정이 담겨 있다는 게. 아무런 사심 없이 그 짓을 하니까 국민들이 좋아할 수밖에."

"어쨌든 계속 파보겠습니다. 무조건 죽여야 합니다. 이번 선거는 최강철을 죽여야만 이길 수 있지 않겠습니까?"

"그래야겠지. 여당 놈들이 더 큰 피해를 보겠지만 우리도 마찬가지야. 이제 시간이 없으니까 이 의원이 그쪽과 선을 넣어서 합동작전을 펼쳐 완벽하게 모가지를 잘라 버릴 건수를 만들어봐. 일단 우리가 먼저 살고 봐야 되지 않겠어?"

"예, 총장님. 없으면 만들어서라도 해야죠. 그놈은 정치를 너무 쉽게 봤습니다. 그리고 국민들의 마음도 제대로 간파하지 못하고 있어요. 우리 국민들은 슬쩍 먹잇감을 던져주면 가차 없이 물고 뜯어버리거든요. 상대가 누구라도 말입니다."

"정치의 생명은 국민들을 어떻게 잘 속이느냐에 달린 것이지. 이 의원을 믿고 있겠네. 만약 그놈이 움직인다면 가차 없이 죽여 버릴 수 있도록 철저히 준비해 주게."

"알겠습니다."

＊   ＊   ＊

회사원 윤서정은 친구들과 신촌에서 저녁을 먹고 2차로 맥

줏집에 도착했다.

이 시간이면 신촌은 북적인다.

젊은이들의 거리였기에 이미 대학을 졸업했음에도 그녀들은 언제나 모임이 있으면 이곳으로 왔다.

연세대 경영대를 졸업한 그녀들은 대기업에 취업한 지 벌써 3년이나 되었지만 신촌에 대한 향수를 아직도 잊지 못하고 있었다.

매달 한 번씩 모인다.

사회로 나와 직장에 다니지만 친구들과 만난다는 건 그동안 쌓인 스트레스를 풀기에 가장 좋은 방법이었기에 그녀들은 한 달에 한 번은 꼭 모여 수다를 떨었다.

여자가 셋만 모이면 접시가 깨진다는 건 빈말이 아니었다.

그만큼 여자들은 모이면 서로의 이야기를 하느라 잠시도 입을 쉬지 않기 때문이다.

저녁을 먹으면서 미처 못 한 말이 맥주를 마시면서 연신 쏟아져 나왔다.

그녀들의 대화 주제는 많았다.

직장에서 벌어진 일부터 남자 친구에 관한 이야기, 심지어 기르고 있는 강아지에 관한 것까지 쉴 새 없이 나왔다.

내일은 일요일이기 때문에 더욱 편했을 것이다.

일요일이 주는 여유는 토요일을 가장 행복한 요일로 만들어준다.

윤서정은 친구들과 한참 이야기를 나누다가 서영선이 정치 이야기를 불쑥 꺼내자 슬쩍 얼굴을 찌푸렸다.

가급적 정치 이야기는 하지 않는다는 게 친구들 사이의 불문율이기 때문이다.

그녀들은 정치를 싫어했다.

아니, 싫어한다기보다 아예 관심을 두려 하지 않았다.

국회의원들과 정부가 하는 짓들을 보면 실망투성이이기 때문에 가급적 정치 이야기는 하지 않으려 했다.

하지만 서영선이 꺼낸 총선 이야기가 주제를 바꿔 최강철로 이어지자 윤서정의 찌푸려진 얼굴이 다시 펴졌다.

정치 이야기는 싫지만 최강철이라면 이야기가 달라진다.

"그 사람, 결국 정치를 할 것 같아. 난 그게 싫은데……."

"왜?"

서영선이 말끝을 흐리며 고개를 흔들자 윤서정이 의문을 나타냈다.

최강철이 대한정의당에 입당한 사실을 모르는 대한민국 국민은 아무도 없었다.

그리고 상당한 사람들이 그가 대한정의당을 선택한 걸 두고 잘했다는 칭찬을 하고 있었다.

현재 대한민국의 정치판에서 그나마 국민들에게 기쁨을 주고 있는 건 오직 대한정의당뿐이었기 때문이다.

하지만 서영선의 얼굴은 그것을 인정하지 못하는 것 같았다.

"난 그 사람이 잘못될까 봐 걱정돼. 우리가 좋아하던 사람이 정치판에 들어가서 엉망이 되는 것을 많이 봐왔잖아. 나는 그 사람이 그렇게 되지 않았으면 좋겠어."

"응……."

이유를 알게 되자 의문을 나타낸 윤서정과 황민경의 얼굴도 금방 어두워졌다.

그녀들은 오래전 서울대의 축제에서 최강철을 본 적이 있었다.

그때 최강철은 군사독재에 맞서 싸우지 못한 자신의 상황을 미안해하며 대한민국의 젊은이들이 꿈과 희망을 가지고 살아간다면 더 나은 조국의 미래를 만들어 나갈 수 있다고 말했다.

그리고 이어진 노래.

그 노래를 따라 부르며 얼마나 가슴이 벅찼는지 모른다.

2만에 가까운 학생들과 함께 부른 그의 노래는 그녀들의 가슴에 깊고 깊은 감동과 여운을 남겨주었다.

서영선의 걱정은 충분히 이해가 되었다.

최강철은 대한민국 국민들의 사랑을 한 몸에 받고 있는 영웅이었지만 정치판에 들어서는 순간 정치꾼들의 공격에 의해 만신창이로 변할 수 있었다.

하지만 윤서정은 서영선의 말에 동의하지 못했다.

"영선아, 괜찮아. 난 그 사람이 정치를 했으면 좋겠어. 그래서 우리나라 정치판을 흔들어놨으면 해. 우리 모두가 봤잖아. 그 사람의 격정적인 노래를 말이야. 그 사람은 다른 정치인들과 다를 거야. 진정으로 다른 이들을 위해 희생하는 그의 행동을 볼 때마다 나는 최강철 선수가 정치를 해야 한다고 생각했어."

"나도 그렇게 생각해. 누가 자신이 번 돈 전부를 다른 사람을 위해 쓸 수 있겠니. 그것도 매를 맞아서 번 돈을 말이야. 난 그 사람이 23평짜리 전세에 살고 있는 장면이 텔레비전에서 나올 때 눈물이 다 나오더라. 더군다나 서울대 경영대를 수석으로 입학한 사람이라 누구보다 똑똑하잖아."

황민경이 맞장구를 쳤다.

그녀는 누구보다 최강철의 열렬한 팬이었기 때문에 그에 관한 것이라면 모르는 것이 없을 정도였다.

친구들의 말에 서영선의 얼굴에 쓴웃음이 떠올랐다.

무슨 말인지 안다.

하지만 그녀들이 세상을 너무 쉽게 보는 것 같아 안타까웠다.

정치인들은, 국민들의 정신을 홀려 대한민국을 엉망으로 만들고 있는 정치인들은 자신들이 사랑하는 최강철을 절대 그냥 두지 않을 것이기 때문이다.

                    *   *   *

　한국기획의 사장 권오철은 임원진과 함께 텔레비전을 보면서 입술을 깨물었다.

　텔레비전에서는 피닉스그룹의 지주회사인 피닉스건설 광고가 흐르고 있었는데 모델로 나선 최강철이 피닉스건설이 가진 기술력과 미래에 대한 비전을 설명하는 중이다.

　─세계 최고의 기업을 꿈꾸는 피닉스건설. 피닉스건설은 미래를 대비하며 전진해 나갑니다. 꿈과 희망을 현실로, 피닉스건설이 국민 여러분께 드리는 당당한 약속입니다!

　침묵.

　광고가 끝나자 권오철과 임원들은 한동안 입을 다문 채 아무 말도 하지 않았다.

　광고의 내용은 최강철이 레너드를 무찌르는 장면을 시작으로 기업을 설명하는 과정으로 이어졌는데 한 편의 홍보영화를 감상하는 기분을 들게 만들었다.

　이 정도의 퀄리티는 현재 만들어지고 있는 광고 중에서 최고 수준이다.

다시 말해서 꽤 큰 비용이 들었다는 뜻이다.

권오철의 입이 열린 건 임원들의 표정이 굳어질 대로 굳어진 걸 확인하고 난 후였다.

"왜 말들이 없어?"

"죄송합니다."

대표로 기획실장이 대답하자 권오철이 쓴웃음을 지었다.

당연히 그 말밖에 할 수 없을 것이다.

하지만 이것은 임원들의 잘못보다 자신의 잘못이 더 컸다.

최강철이라는 지상 최대의 대어를 놓친 것이 어찌 임원들의 잘못이란 말인가.

그랬기에 그의 음성은 날이 서 있지 않았다.

"최강철의 광고모델료가 얼만지 알아봤나?"

"대일 측에 알아봤더니 자신들은 모른답니다. 최강철의 모델료는 피닉스 쪽에서 직접 지급했다는데 얼마를 줬는지 전혀 노출되지 않고 있습니다."

"그래?"

"제 생각으로는 아무래도 돈 때문에 출연한 것 같지 않습니다. 광고모델료래 봐야 얼마나 되겠습니까. 최강철에게 그 정도는 껌값밖에 되지 않을 테니까요. 레너드와의 대결에서 3,000만 달러를 받았습니다. 그런 놈이 돈 때문에 출연했겠습니까?"

"그러니까 그게 뭐냔 말이야!"

"……"

조근거리며 말하던 권오철의 언성이 슬그머니 커졌다.

아직도 자신의 의중을 파악하지 못하고 엉뚱한 소리를 해 대고 있으니 슬그머니 짜증이 몰려왔기 때문이다.

한국기획은 지금까지 국내 톱의 위치를 뺏긴 적이 없었다.

사람들은 한국기획과 대일기획, 주영기획을 합해서 3대 광고 기획사라고 말하지만 톱은 언제나 한국기획이었다.

그런 지위가 흔들리고 있었다.

대일기획에서 최강철을 섭외한 것이 아니라 해도 그들이 광고 제작을 했다는 것은 향후 시장 판도에 엄청난 영향을 줄 수밖에 없다.

당연히 피닉스그룹에 대한 기득권을 갖게 될 것이고 다른 그룹의 제품들도 그쪽으로 넘어갈 가능성이 농후했다.

바로 최강철 때문이다.

그가 가지고 있는 파괴력은 기업의 생사를 가를 만큼 엄청난 영향력이 있으니 기업들은 자연스럽게 대일기획을 찾게 될 것이다.

"내가 알기로 최강철은 피닉스그룹의 14개 기업 광고에 모두 출연했어. 이번에 나온 건 건설뿐이지만 순차적으로 터질 거라고. 무조건 찾아. 그래서 연결 고리 뭐였는지 가져오란 말이야. 그리고 최강철과 인연이 있는 사람들을 전부 알아봐. 무슨 뜻인지 알겠어?"

"예, 사장님."

"우리가 살기 위해서는 무조건 최강철을 잡아야 한다. 무슨 수를 쓰든 우리 광고에 출연시켜야 돼. 그러니까 당장 나가서 그걸 찾아와. 밥값을 하란 말이야!"

*　　　　　*　　　　　*

김영호는 회사에서 퇴근해 저녁을 먹은 후 딸과 놀아주다가 아내인 신경숙이 가져온 과일을 먹었다.

아내는 오랜만에 일찍 들어와 딸하고 놀아주는 남편이 예뻤는지 연신 웃음을 흘리며 황제 대접을 해주었다.

드라마가 끝나고 광고가 시작된 것은 아내가 옆에 와서 딸과 함께 자신을 향해 애교를 떨고 있을 때였다.

"어, 최강철이 나오네?"

갑작스럽게 최강철이 레너드와 시합하는 장면이 나오자 김영호의 눈이 둥그렇게 커졌다.

혹시나 홀리오 바스케스와의 시합에 대해서 새로운 소식이 나오는 게 아닌가 하는 기대감 때문이었다.

하지만 화면에서는 복싱 장면과 함께 자막이 깔렸는데 꼭

영화처럼 생동감이 살아 있었다.

─위대한 용기, 그리고 도전. 이길 수 있다는 투지는 내일
을 변화시키는 힘이다.

입을 떡 벌리고 화면을 바라보았다.
이미 아내와 7살짜리 딸도 화면을 보면서 눈을 동그랗게 만
들고 있었다.
"저거 광고야?"
"…그런 모양이네."
아내의 질문에 대답하면서 김영호는 시선을 떼지 못했다.
복싱 장면에 이어 정장을 차려입은 최강철의 모습이 나타났
다. 그리고 피닉스건설에 대한 홍보가 이어졌다.
거대한 교량, 터널, 아파트, 빌딩 등 피닉스건설이 그동안 시
행해 온 사업들이 차례대로 소개됐는데 최강철의 마지막 멘
트가 인상적이었다.

─꿈과 희망을 현실로, 피닉스건설이 국민 여러분께 드리
는 당당한 약속입니다!

광고가 끝났음에도 김영호는 한동안 화면에서 시선을 떼지

못했다.

어이가 없기도 하고 한편으로는 의문이 들었기 때문이다.

"여보, 당신이 좋아하는 깡철이가 광고를 다 찍었네. 그런데 저렇게 나오니까 멋있다. 정장을 쫙 빼입으니까 복싱할 때보다 더 멋있는 거 같아."

"이 사람아, 깡철이는 복싱할 때가 제일 멋있어."

"호호, 복싱광다운 소리네. 그런데 피닉스건설이 저렇게 많은 일을 했나?"

"원래 정동건설이 건설 쪽에서는 탄탄했어. 거기에 마이다스 CKC란 투자회사가 인수했기 때문에 날개를 달았다는 소문이 돌았지."

"그렇구나."

"확실히 광고 효과가 무서운 것 같네. 강철이가 나와서 이야기하니까 피닉스건설에 대한 믿음이 확 살아나는걸. 안 그래?"

"그거야 당연하지. 우리 강철이가 언제 거짓말하는 거 봤어? 난 강철이 말이라면 무조건 믿어."

"이 여자는 어째 나보다 강철이를 더 좋아하는 것 같구먼."

"호호, 멋있잖아. 그리고 오늘 보니까 더 멋있네. 앞으로 깡철이는 계속 양복 입었으면 좋겠다."

최강철의 광고가 방송되기 시작하면서 국민들은 즐거움을

숨기지 않았다.

비록 광고라 할지라도 그들이 가장 사랑하는 영웅의 모습을 매일 볼 수 있다는 기쁨 때문이었다.

어이가 없지만 사실이었다.

사람들은 최강철의 광고가 나올 때마다 채널을 고정시킨 채 그의 모습을 보며 웃음 지었다.

그가 지금까지 보여준 행동이 국민들의 가슴에 따뜻함을 불어넣어 줬기에 가능한 일이었다.

돈을 가진 많은 자들이 자식들에게 물려주기 위해 갖가지 불법을 저지르는 걸 수없이 봤기 때문에 국민들은 최강철의 행동에 감동을 느끼고 있었던 것이다.

최강철이 본격적으로 총선 판에 뛰어든 것은 광고 촬영이 모두 끝난 후부터였다.

그는 빡빡하게 짜인 일정 속에서 두 달 동안 전국을 누비며 지원 유세를 펼쳤다.

박빙 지역을 중점적으로 지원했으나 전국을 사정권에 놓고 움직이며 기회가 날 때마다 대한정의당 후보들에 대한 지원을 아끼지 않았다.

열풍이다.

그렇지 않아도 국민들에게 인기가 있던 대한정의당은 최강철의 지원사격을 받자 날개를 달았다.

국민들은 그가 지원 유세를 하는 곳마다 구름처럼 몰려들었는데 이름을 연호하며 얼굴을 보기 위해 고개를 빼 들었다.

모든 언론의 관심이 온통 대한정의당으로 몰렸다.

뉴스마다 매일 최강철의 지원 유세를 보여줬기 때문에 마치 최강철이 대통령 선거에 나온 것처럼 느껴질 정도였다.

"국장님, 정말 이걸 내보내잔 말입니까?"

"왜, 뭐가 잘못됐어?"

문영일보의 최두행은 날카로운 눈빛으로 자신을 바라보는 국장의 시선을 받으며 슬그머니 이를 악물었다.

냄새가 난다. 그것도 지독하게 더러운 냄새가.

정치판이 시궁창이나 다름없다고 하지만 자신들의 이득을 위해 비열한 짓을 서슴지 않는 자들을 볼 때마다 구역질이 치솟았다.

차기 국회의원을 꿈꾸는 국장은 분명 이 자료를 방귀깨나 뀌는 정치권의 인사에게 받았을 것이다.

아니, 집권당이 아닐 수도 있다. 최강철은 현재 여야를 불문하고 정치권의 공통된 적이기 때문이다.

국장이 넘겨준 자료에는 최강철의 가족에 대한 것이 고스란히 담겨 있었다.

제주도에 있는 최강철 부모의 그림같이 아름다운 집과 큰형 최강휴가 보유한 빌딩, 그리고 나머지 가족들의 여유 있는 삶에 대한 집중 조명이다.

하지만 진짜는 기사의 내용이었다.

기사에서는 최강철의 행동을 교묘하게 비난하는 내용으로 가득 차 있었다.

최강철은 고아원을 세워 없는 사람을 돕고 있는 것으로 홍보하고 있지만 가족들은 초호화 생활을 하면서 떵떵거리며 잘살고 있다는 것이다.

그런 후 그의 현재 행동을 지목하며 고아원을 설립한 것을 정치에 대한 야망으로 몰아갔다.

작성되어 있는 기사는 3개였다.

차례대로 터뜨려 최강철 효과를 완전히 죽여 버리겠다는 심산임이 분명했다.

그러나 이 정도로 그칠 거란 생각이 들지 않았다.

정치하는 자들은 늘 권모술수를 준비해 놓고 살아가는 자들이다.

"알겠습니다. 정리해서 바로 내일부터 터뜨리겠습니다."

최두행은 버티지 않았다.

어차피 여기서 버텨봐야 다른 놈을 시킬 테니 자신만 병신이 되고 말 뿐이다.

그럼에도 기분이 더러웠다.

누군가의 검은손에 의해 작성된 기사를 자신의 이름을 걸고 내야 한다는 이 현실이 정말 더러워 미칠 지경이었다.

다른 사람도 아닌 최강철이다.

가장 좋아하던 최강철을 자신의 이름으로 쓰러뜨릴 생각을 하자 눈앞이 꺼멓게 어두워졌다.

아픈 딸만 아니라면, 사랑하는 가족만 아니라면 당장에라도 이 기사를 국장의 면전에 집어 던지고 싶었다.

*　　　　*　　　　*

"회장님, 전화 받으십시오."

"누굽니까?"

"김 사장님입니다."

지원 유세를 마치고 연단에서 내려온 최강철을 향해 정철호가 급히 다가와 전화기를 넘겨주었다.

정철호는 경호 팀을 대동한 채 벌써 한 달이 훌쩍 넘는 기간 동안 최강철을 호위하고 있었다.

"전화 바꿨습니다."

ー회장님, 접니다.

"사장님이 전화를 해온 걸 보니 일이 생긴 모양이군요."

ー놈들이 움직였습니다. 내일 터뜨린다는 정보가 들어왔습니다.

"내용은요?"

—1차적으로 회장님의 가족에 관한 것입니다.

"치졸한 수법부터 쓰는군요. 좀 더 그럴듯한 것으로 할 거라고 생각했는데."

—가장 효과가 클 테니까요.

최강철이 전화기 너머에서 들려온 다급한 음성을 들으며 쓴 웃음을 지었다.

하긴 그럴 만도 하다.

자신을 상처 내기 위해서는 가족들을 건드리는 게 가장 임팩트가 클 것이다.

이미 예상하고 있었지만 막상 현실로 나타나자 가소롭다는 생각이 들었다.

"막긴 힘들겠죠?"

—그렇습니다. 작정하고 덤비기 때문에 쉽지 않아요. 그렇지 않아도 막으려는 시도를 했지만 난색을 보이더군요. 높은 곳에서 내려온 지시랍니다.

"그렇다면 우리 쪽도 준비하세요. 내일 우리가 확보한 언론과 인터넷으로 대응하면 국민 여론이 그렇게 악화되지는 않을 겁니다."

—알겠습니다. 그렇게 조치하겠습니다.

최강철은 전화를 끊고 잠시 눈을 감았다가 떴다.

불쌍한 자들이다.

자신들의 이득을 위해서라면 어떤 짓이라도 서슴지 않으니 대한민국을 변화시키기 위해서는 반드시 제거해야 할 자들이다.

그러나 무엇보다 급한 것은 이 위기를 헤쳐 나가는 것이다.

가족은 시작에 불과하다. 그들은 점점 공격 수위를 높여가며 자신을 압박해 올 것이 분명했다.

다음 날.

신문과 방송에서 동시에 최강철 가족에 대한 보도가 터져 나왔다.

권력을 이용한 고의적 보도였으니 내용은 대동소이했고, 집권층과 제1야당은 기사가 나오자마자 눈엣가시 같던 최강철을 두드리기 시작했다.

<최강철은 반성하라. 가족이 호화 생활을 하면서 지낼 동안 양의 탈을 쓰고 고아들을 이용해서 자신의 선행을 홍보하는 파렴치한 짓을 해왔으니 국민 영웅으로 불릴 자격이 없다. 그의 행태로 봤을 때 엔젤 재단에서 운영하고 있는 고아원을 집중 조사 할 필요가 있다. 우리 당에는 정부 지원금과 기부금 등의 사용처가 사적인 용도로 사용된다는 제보가 들어와 있다.

철저히 조사해서 양의 탈을 쓴 그의 범죄를 낱낱이 밝혀낼 것이다.>

기사를 읽은 많은 사람의 표정이 단박에 흐려졌다.

신문과 방송에서 나온 집과 빌딩, 그리고 가족들이 소유한 고급 음식점, 명품 옷가게가 조명되며 그들의 마음을 흔들어 놨기 때문이다.

예나 지금이나 똑같다.

나보다 잘사는 자들에 대한 알 수 없는 적의.

그것은 없는 자일수록 더욱 강했고, 대한민국은 아직도 그런 사람들이 흘러넘치는 나라였다.

"이제 보니 최강철의 가족들은 삑적지근하게 살더구먼. 그러면서 저는 아직 전세 산다고 뻥을 쳐!"

"돈 있는 놈들이 다 그런 거지, 뭐. 난 예전부터 그 말 믿지 않았어. 최강철이라고 별수 있어? 그놈이 그놈이지."

"그러면 말이라도 하지 말았어야지. 지가 무슨 성자처럼 번 돈을 전부 없는 사람한테 주느냐고. 지나가는 개가 웃을 일이다!"

"맞아, 웃기는 얘기지."

아파트 공사 현장에서 일하던 인부들이 모여 쑥덕거리는 이야기를 들으며 옆에 있던 민창길이 인상을 찌푸렸다.

공사 현장에서 일하는 사람들도 부류가 나누어진다.

젊은이와 나이 든 사람, 배운 사람과 덜 배운 사람, 고향에 따라 쉬는 시간에 모이는 부류가 달랐다.

민창길은 서영대학교 정치학과 3학년이었지만 가난한 집안 형편 때문에 아파트 현장에서 아르바이트를 하는 학생이었다.

그랬기에 늙수레한 사람들이 최강철을 욕하자 친구들과 같이 앉아 빵을 먹다가 자리에서 벌떡 일어났다.

"아저씨들, 최강철 선수 욕하지 마세요. 최강철 선수가 잘못한 게 뭐가 있어요?"

"잘못한 게 왜 없어?"

"뭘 잘못했는데요?"

"번 돈을 전부 없는 사람 도와준 것처럼 사기를 쳤잖아. 지네 가족들은 떵떵거리게 살도록 만들어놓고. 이게 말이 되는 거야!"

"그럼 아저씨는 돈이 생기면 전부 남을 도와주려고 내놓을 수 있어요?"

"그거야 당연히……."

"열심히 일해서 번 돈으로 가족들 잘살도록 만들어준 게 뭐가 그렇게 잘못된 거죠? 최강철 선수가 강도질을 한 것도 아닌데 왜 그러는지 모르겠네요. 아저씨들도 돈이 생기면 가족부터 돌보잖아요. 안 그래요?"

"그렇지만 그놈은 거짓말을 했잖아!"

"최강철 선수가 언제 자기 입으로 그런 말을 했다고 그래요? 언론에서 떠든 거지, 최강철 씨는 한 번도 그런 소릴 한 적이 없다고요!"

"…그런가?"

"그리고 최강철 씨는 정말 많은 돈을 써서 사람들을 도왔어요. 당장 저부터 그분한테 장학금을 받았단 말이에요. 아저씨들, 착한 일 한 사람을 가족들이 잘산다고 욕하면 갑질하면서 떵떵거리고 사는 재벌들은 다 죽여야 돼요. 그렇지 않아요?!"

언론 보도에 주춤하던 여론이 급격하게 바뀐 것은 몇 군데의 석간신문에서 그동안 최강철이 복싱으로 벌어들인 돈의 내역을 고스란히 보도했기 때문이다.

거기에는 부모님의 제주도 집과 가족들의 재산까지 전부 포함되어 있었는데 최강철이 가족들을 위해 쓴 돈은 전부 합해 30억이 조금 넘었을 뿐이다.

반면에 엔젤 재단을 통해 고아원과 장학금으로 쓰인 돈이 500억에 달했다.

MBC에서는 9시 뉴스에 이런 사실을 특집으로 다루며 최강철에 대한 인신공격의 부당성을 보도했고, 대한정의당에서는 기득권을 놓치지 않기 위해 집권당과 제1야당 측에서 총선을 위해 근거 없는 사실을 퍼뜨린다며 맹공을 퍼부었다.

반대 언론들이 나서자 국민들은 단박에 최강철을 옹호하는 쪽으로 움직였다.

최강철도 사람인 이상 가족을 챙기는 건 당연하다는 여론이었다.

그러나 집권당과 제1야당의 공격은 집요했다.

그들은 구체적인 자료까지 제시하면서 최강철이 운영하고 있는 엔젤 재단에서 정부 지원금과 기부금을 착복했다는 사실을 언론에 터뜨렸다.

전부 조작된 자료였다.

검찰이나 경찰에서 조사하면 금방 드러날 거짓말이었지만 그들은 이런 루머를 사실인 양 언론에 연일 제보하며 국민들을 혼란 속에 빠뜨렸다.

최강철은 한마디도 하지 않았다.

파리 떼처럼 언론들이 달라붙었으나 최강철은 인터뷰를 사양한 채 칩거에 들어갔고, 대신 다른 쪽에서 해명 자료들이 나갔다.

여론은 점점 좋아지지 않았다.

검찰이 수사에 들어갔다는 사실이 보도되었음에도 최강철이 모습을 드러내지 않았기 때문에 국민들은 반신반의하며 의심의 눈초리를 보내기 시작했다.

최강철의 가세로 인해 기세를 올리던 대한정의당의 인기가 흔들거렸다.

의심이 짙어지면 짙어질수록 대한정의당에 대한 국민의 지지도는 점점 달라지고 있었다.

침묵 속에서 움직이지 않던 최강철이 대한정의당 기자실로 모든 언론을 끌어모은 건 선거를 3일 앞두고 있을 때였다.

그동안 대한정의당의 수뇌부가 직접 나서서 해명해 달라고 계속 요청했음에도 꿈쩍하지 않던 최강철은 선거가 코앞으로 다가오자 드디어 모습을 드러냈다.

정교하게 계산된 행보였다.

어차피 최고 권력층에서 움직여 맹공을 퍼붓고 있으니 나서서 해명해 봐야 의혹만 커진다는 게 그의 판단이었다.

그리고 그사이 제우스를 움직여 자신을 타깃으로 음해에 가담한 언론사의 실질적인 책임자들을 하나씩 제거해 나갔다.

돈은 귀신도 부린다는 천고의 진리는 여기서도 확실한 효과를 나타냈다.

그들을 제거한 것은 오늘 있을 자신의 발표가 여과 없이 기사로 나가게 만들기 위함이었다.

최강철이 입장 발표를 한다는 소식에 전 언론이 몰려들었다.

이번 선거의 태풍의 눈.

최강철이 직접 나선다는 사실 하나만으로도 언론은 흥분을 감추지 못했다.

그동안 최강철에게 적대감을 나타내던 언론사의 우두머리들이 차례대로 주요 보직에서 물러나자 언론의 태도가 점점 달라졌다.

오전 10시 30분.

정장을 입고 나온 최강철은 기자들에게 정중히 인사를 한 후 중앙에 마련되어 있는 탁자에 앉았다.

준비된 원고는 없었고 그의 앞에는 오직 마이크뿐이었다.

"국민 여러분, 안녕하십니까. 최강철입니다. 저로 인해 온 나라가 시끄러운데도 이제야 자리를 마련한 점 죄송스럽게 생각합니다. 하지만 저는 지금까지 저를 둘러싸고 나온 루머에 대해 국민 여러분께 따로 드릴 말씀이 없었습니다. 저에 관한 루머는 시간이 지나면 자연스럽게 해결될 것이기 때문입니다. 지금의 이 상황은 너무나 간단합니다. 제가 의혹의 중심에 선 이유는 오직 선거 때문이죠. 구태의연한 방법으로 이득을 취하려는 사람들은 저를 정치에서 제거하기 위해 정정당당함을 잃은 행동들을 하고 있습니다. 이런 선거 문화는 하루빨리 사라져야 할 독재의 잔재입니다. 이 모든 것이 국가와 국민을 먼저 생각하지 않고 오직 선거에서 이기고 보자는 당리당략으로부터 나온 것이라고 생각합니다. 제가 고아들을 돕고 불우

한 학생들에게 장학금을 준 것은 저의 이익을 위해서가 아니라 건강한 사회를 만들고자 하는 작은 소망에서 비롯된 것입니다. 더불어 저에게 베풀어준 국민 여러분의 사랑에 대한 보답이기도 합니다. 저는 제 가족들을 사랑합니다. 저희 가족은 찢어지도록 가난하게 살면서 수많은 고통을 겪었습니다. 14년 동안 복싱을 해서 번 돈으로 그런 부모님과 형제들을 가난에서 벗어나도록 한 게 잘못이라면 저에게 돌을 던져도 됩니다. 만약 제가 돈에 욕심을 부렸다면 세계에서 가장 잘사는 나라, 미국에서 돌아오지 않았을 겁니다. 제 소망은 오직 하나. 대한민국의 푸른 하늘에서 모든 사람이 행복하게 사는 것뿐입니다. 마지막으로 국민 여러분께 부탁드릴 것이 있습니다. 선거에 꼭 참여해 주십시오. 선거에 참여해서 진정으로 국가와 국민을 위해 일할 수 있는 사람들에게 표를 주시기 바랍니다. 대한민국은 하나입니다. 군사독재의 정치인들이 만들어놓은 지역감정에 얽매여 진정으로 조국을 위해 일할 수 있는 인재들을 버리지 말아주시길 간곡하게 부탁드리겠습니다."

제50장
링의 난폭자 I

　최강철의 마지막 기자회견 충격파는 상상한 것보다 훨씬 컸
다.

　국민들이 그에게 가지고 있는 근본적인 믿음이 있었기에
가능한 일이었다.

　이틀 후 벌어진 선거의 결과는 그런 믿음에서 기인한 것이
분명했다.

　투표율 85%.

　역대 총선 중 건국 초기를 제외하고 가장 높은 투표율이었
다.

그리고 그 결과 대한정의당은 무려 93석을 획득하는 쾌거를 이뤄냈다.

집권 여당이 101석, 제1야당이던 민주당이 82석에 불과했고 충청권의 맹주라며 기세를 올리던 신생 정당은 겨우 10석을 얻는 데 그쳤으니 대한정의당의 성과는 기적을 이뤄낸 것이나 다름없었다.

여소야대.

그것도 엄청난 숫자의 차이.

바로 최강철이 간절하게 주장한 지역 구도가 깨진 탓이다.

물론 완벽하게 깨진 것은 아니었지만 대한정의당은 영남에서 13석을 얻었고 호남에서도 12자리를 얻었기 때문에 기존 정당들에게 치명적인 상처를 입힐 수 있었다.

특히 집권당의 상처는 컸다.

선거에 이기기 위해 최강철을 맹렬히 공격한 것이 오히려 화가 되어 치명적인 결과로 나타났기 때문에 그들은 정신적인 공황 상태까지 몰렸다.

이대로라면 향후의 정국은 무조건 야당 뜻대로 흘러갈 수밖에 없기 때문이다.

선거가 끝나고 결과가 나온 다음 날 최강철은 여의도에 있는 대한정의당 당사를 찾았다.

승리를 축하하기 위함이었다.

"어서 오세요."

당 대표인 정우석 의원이 사무실로 들어서자 버선발로 마중을 나왔다.

그는 총선의 승리에 고무되었는지 얼굴이 상기되어 있었는데 얼굴에 웃음이 만발했다.

회의실에는 대한정의당의 수뇌부가 모두 모여 있었고 대부분 최강철이 영입한 사람들이었다.

"우리가 승리한 것은 최 회장님의 공이 큽니다. 압도적인 승리예요."

"다시 한번 축하드립니다. 이 모든 것은 여러분께서 이뤄낸 것입니다. 저 혼자의 힘으로는 절대 이룰 수 없는 일이죠."

최강철이 정우석을 비롯해서 수뇌부를 향해 덕담을 했다.

그러자 수뇌부의 얼굴에서 만족스러운 웃음이 피어났다.

그들도 안다. 이 모든 결과의 배경에는 최강철이 있었음을.

선거에 필요한 경비를 전부 그가 처리했고 선거 막판에 그가 보여준 위력으로 인해 박빙의 승부를 펼치던 지역구에서 거의 대부분 승리를 거두었으니 최강철이 없었다면 이런 승리는 없었을 것이다.

그럼에도 최강철은 선거 전이나 승리를 한 후에나 태도에 변함이 없었다.

언제나 정중했고 언제나 모든 공을 다른 사람에게 돌렸다.

당 대표인 정우석의 입이 다시 열린 것은 최강철이 자리에 앉았을 때다.

"이제 우리는 제1야당이 되었습니다. 93석이란 의원이 국회로 입성했으니 대한정의당은 대한민국의 정치를 이끌어 나갈 수 있을 겁니다."

"대표님께서 잘 이끌어주셔야죠. 우린 당을 만들었을 때의 초심을 잊어버리면 안 됩니다."

"그럼요. 당연한 말씀입니다. 그동안 의원 숫자가 부족해서 우리가 추진하던 민생 법안들이 보류되는 일이 많았지만 지금부터는 달라질 겁니다. 이제 의석수를 확보했으니 정국의 주도권을 쥐고 적극적으로 추진해 나갈 생각입니다."

"대표님께서 잘해주실 거라 믿습니다."

회의장의 분위기는 화기애애했다.

승리한 순간들의 기쁨이 화제가 되어 수뇌부의 입에서 쏟아졌고, 선거 막판에 보여준 최강철의 단호한 행동에 대한 칭찬이 이어졌다.

정우석의 입에서 수뇌부가 고민하던 주제가 나온 것은 거의 1시간 가까이 흐른 때였다.

"그런데 최 회장님, 이제 어쩔 생각이십니까? 아직도 당에서 일하실 생각은 없는 겁니까?"

"다시 말씀드리지만 저는 아직 정치에 입문할 생각이 없습니다. 저는 현역 세계챔피언입니다. 싸워야 할 상대가 있고 그 선수들을 이겨 국민들에게 행복을 주고 싶습니다."

"그럼 언제 국회로 들어올 생각이죠?"

"그건 나중에 말씀드리겠습니다."

"음, 그것 참 곤란한 말씀이구려. 내년이면 대통령 선거가 있습니다. 대한정의당이 제1야당이 되었지만 진짜 대한민국을 변화시키기 위해서는 정권을 잡아야 합니다. 최 회장님이 정치를 떠나 있으면 정권을 잡기 어려워요. 그러니 다시 재고해 주시면 안 됩니까?"

"사람은 분수를 알아야 한다고 배웠습니다. 저는 아직 어리고 정치를 하기에는 경력이 부족합니다. 그건 대한정의당도 마찬가지라고 생각합니다. 신생 정당으로서 과분한 의원수를 획득했지만 아직 정권에 욕심을 내기에는 부족하다는 생각이 드는군요. 저는 우리 모두가 때를 기다려야 된다고 생각합니다. 탄탄하게 기초를 닦고 인재를 영입해서 대한민국을 번영시킬 힘을 기르는 것이 우선입니다. 대표님께서 그 일들을 추진해 주십시오. 그러면 언젠가는 대한정의당이 대한민국을 이끌어 나가는 중심이 되지 않겠습니까."

*　　　*　　　*

바스케스는 10차 방어전을 성공시킨 후 최강철의 방어전을 지켜봤다.

역시 대단했다.

상대인 아미레스는 아예 주먹조차 제대로 내지 못하다가 2라운드에 KO를 당하고 말았다.

아미레스가 그토록 처참하게 진 이유는 여러 가지가 있겠지만 가장 큰 것은 복서가 절대 가져서는 안 되는 두려움이 그의 가슴속에 들어 있었기 때문이다.

아무리 위대한 복서라 해도 링에서 적으로 만나는 순간 그는 오직 쓰러뜨려야 할 존재에 불과하다는 걸 아미레스는 모르고 있었다.

경기가 끝나고 최강철의 도발을 지켜보며 바스케스는 이를 악물었다.

나보고 두렵냐고?

절대 아니다.

나는 지금까지 링에 오르면서 상대가 누구든 두려워한 적이 한 번도 없었다.

형이자 트레이너인 카라우의 만류가 아니었다면 방어전 대신 최강철과 싸웠을 것이다.

그게 그가 원한 진짜 싸움이다.

돈도 중요했지만 무엇보다 복싱계를 뒤흔들고 있는 최강철을 때려 부수는 게 그가 진정으로 원하는 것이었다.

기자들의 극성스러운 인터뷰 요청을 거부하고 사무실로 들어온 카라우의 입이 열린 것은 바스케스의 표정에서 분노를 읽은 후였다.

기자들은 여전히 시합에 응하지 않는 그를 향해 비난 섞인 질문을 계속해 왔기 때문에 바스케스의 심장은 터질 것처럼 부풀어 올라 있었다.

"바스케스, 허리케인이란 놈 참 재밌지?"

"뭐가 재밌어? 볼수록 재수 없는 놈이구먼. 난 그놈의 면상을 박살 내고 싶을 뿐이야."

"그놈은 우리가 원하는 게 뭔지 정확하게 알고 있는 것 같아. 그래서 인터뷰를 그렇게 한 걸 거다. 그 여파로 기자들이 등쌀을 부리는 거고."

"형, 이제 그만하자. 난 더 이상 쪽팔려서 견딜 수가 없어."

"이제 내가 생각한 목표점까지 거의 다 왔다. 우리도 레너드가 받은 것만큼은 받아야 되지 않겠어?"

"그렇긴 하지만 시간이 갈수록 창피해서 죽을 지경이야. 돈이고 뭐고 일단 붙자니까."

"돈 킹이 1,500만 달러를 제안해 왔다. 그러나 나는 안 된다고 버텼어. 찰리는 그 정도만 해도 훌륭한 조건이라며 받아들이자고 하더군. 정말 바보 같은 놈이야. 자신의 선수를 허접하게 팔아먹으려는 놈은 프로모터로서의 자격이 없어. 나는 2,000만 달러를 고집했다. 그놈이 얼마를 받든 상관없어. 나는 내 동생 바스케스의 정당한 몸값을 받길 원할 뿐이야."

"그래서?"

"돈 킹이 분수를 모른다면서 찰리에게 불같이 화를 냈다더라. 그러나 그자는 오래 버티지 못할 거야. 칼은 우리 손에 들려 있으니 결국 우리 뜻대로 따라올 수밖에 없어."

"왜 그렇게 자신하지?"

"허리케인이란 놈의 특성 때문이다. 그놈은 명예욕에 불타는 놈이야. 허리케인은 너를 꺾어서 자신의 명성을 높이려고 안달이 나 있어."

"개자식!"

"이제 곧 시합이 결정될 거다. 나는 놈을 쓰러뜨릴 대책을 철저하게 준비할 거다. 그래서 그놈이 가지고 있는 인기가 얼마나 허황된 것인지 전 세계에 보여줄 생각이야. 그러니 너도 죽을 각오를 가져."

"흐흐, 형은 언제나 걱정이 과해. 시합이 결정되면 허리케인의 명줄은 카운트다운이 시작될 거야. 반드시 내가 놈을 짓이겨 놓을 테니까 걱정 마."

카라우의 웃음을 보면서 기자들로 인해 기분이 잔뜩 상해 있던 바스케스의 표정이 풀렸다.

훈련 스케줄과 적에 대한 분석은 카라우가 해왔고, 그는 형이 마련한 전략에 따라 지금까지 전력을 다해 싸워왔다.

그 결과 48전을 해오면서 무적의 전적을 쌓았다.

비록 철모르던 신인 때 1패를 당한 오점이 남아 있었으나 그건 복싱에 대한 열의와 상대를 반드시 쓰러뜨리겠다는 투지가 부족했을 때 벌어진 일이다.

허리케인.

언제든 오라.

나는 네가 슈퍼웰터급으로 올라오기 전부터 무적을 자랑하던 공포의 챔피언이었다.

최강철은 선거가 끝나고 한 달 후에 미국으로 떠났다.

한국에서의 일이 대충 마무리되었으니 서지영을 보고 싶었기 때문이다.

그러고 보면 자신은 남편으로서 빵점짜리였다.

결혼 후 잠깐 꿈같은 신혼 시절을 보냈지만 시합과 한국의 일들로 인해 아내를 독수공방 신세로 만들었으니 남편으로서의 의무와 책임을 다하지 못했다.

그랬기에 그는 작심을 하고 미국으로 넘어갔다.

이번에는 모든 일을 접어두고 시합이 확정될 때까지 미국에서 아내와 함께 시간을 보낼 생각이다.

서지영은 마이다스 CKC의 대표이사 업무를 계속 맡고 있었으나 서류상으로는 결혼이 결정된 순간부터 클로이에게 넘겨준 상태였다.

모든 대외적인 서류에 그녀의 이름은 이미 사라지고 없었다.

최강철과 결혼하는 순간부터 그녀 역시 세계적인 그림자 경영 그룹 오너의 일원이 되었기 때문이다.

그럼에도 그녀는 바빴다.

마이다스 CKC의 직원 숫자는 이미 300명이 넘었는데, 관련 분야의 최고 전문가들로 채워졌고 운용하고 있는 직접 자산도 작년 말 기준으로 500억 달러가 넘었다.

순수익만 따져도 70억 달러가 넘었는데 시스코와 윈도우, 델 컴퓨터에서 벌어들인 것과 주식, 선물에서 벌어들인 돈이다.

특이한 점은 호리즌과 엠파이어에서도 수익이 발생하기 시작했다는 것이다.

두 회사는 모두 단박에 미국의 인터넷을 장악했는데 대부분의 기술을 특허로 묶어놨기 때문에 후발업체가 아예 접근조차 하지 못할 정도의 아성을 구축해 놓고 있었다.

최강철이 뉴욕공항에 도착했을 때 기다리고 있던 서지영이 달려와 그의 품에 안겼다.

사랑스러운 모습.

그녀는 언제나 최강철을 볼 때마다 눈에 열기가 피어오른다.

"잘 있었어?"

"그럼요. 우리 낭군님 보고 싶어서 매일 밤 눈물 흘린 거 빼고는 잘 있었어요."

"하아, 우리 지영 씨, 갈수록 표현력이 예리해지네. 그거 나한테 신경질 부리는 거지?"

"알아들었어요?"

"응, 이번에는 정말 지영 씨 옆에서 꼼짝하지 않을게. 난 정말 아무 일도 안 할 거야."

"그 거짓말 정말이죠?"

"그럼, 당연하지."

"호호, 가요."

서지영이 웃으며 최강철의 손을 잡았다.

오랜만에 그립던 남편을 만난 그녀의 얼굴은 햇살처럼 빛나고 있었다.

집에 돌아와 쉬는 동안 서지영은 오랜만에 만난 남편에게 맛있는 저녁상을 차려주기 위해 정신없이 움직였다.

최강철이 부엌으로 나온 것은 그녀가 미덥지 않기 때문이었다.

서지영은 음식을 하지 못한다.

워낙 귀하게 자랐기 때문에 음식을 해보지 않았고 그나마 할 수 있는 것도 스파게티 정도가 전부였다.

원래 이렇게 욕심이 많았던가?

그녀가 부엌 탁자에 늘어놓은 재료들을 보자 최강철의 입이 떠억 벌어졌다.

어디서 김치를 구해왔는지 김치찌개 재료가 놓여 있고 최강철이 좋아하는 불고기거리도 준비되어 있었다.

장모님이 손수 준비해 준 것이 분명했다.

그냥 끓이기만 해도 될 것 같은데 서지영은 전화통을 붙잡고 부산만 떨 뿐 어쩔 줄을 모르고 있었다.

수화기 너머에서는 답답해서 죽겠다는 장모님의 음성이 들려오는 중이다.

"뭐 해?"

"아냐, 아무것도. 엄마, 나중에 전화할게요."

갑자기 나타난 최강철을 보면서 서지영이 펄쩍 뛰며 놀랐다.

그 모습이 귀여워 미칠 지경이다.

그랬기에 최강철은 천천히 다가가 그녀의 허리를 붙잡고 뜨거운 키스를 퍼부었다.

"지영 씨, 음식 잘 못하는 사람이 욕심 부리면 먹는 사람이 힘들어져."

"나 잘할 수 있어요."

"음식은 내가 할게. 난 어려서 자취를 많이 했기 때문에 음식을 잘한다고 했잖아."

"싫어. 내가 할 거야."

"고집 피우지 말고. 맛있게 내가 저녁 차릴 테니까 지영 씨는 날 위해 다른 것을 해줘."

"음, 그럼 그럴까? 그런데 우리 낭군님, 저한테 뭘 원하시나요?"

최강철의 품에 안겨 있던 그녀의 눈이 반달처럼 변했다.

그리고 발갛게 달아오른 얼굴.

그녀는 이미 최강철이 무엇을 원하고 있는지 알고 있는 것 같았다.

서지영은 최강철이 시차에 겨우 적응하자마자 곧바로 그를 데리고 마이다스 CKC의 본사로 갔다. 주요 업무에 대한 보고를 받으라는 이유였다.

본사의 위치도 바뀌었다.

서지영은 사무실로 사용하기 위해 뉴욕의 맨해튼 중심부에 있는 빌딩을 통째로 사들였는데 12층짜리 신축 건물이었다.

사무실로 들어서자 미리 연락을 받고 온 마이다스 CKC의 주요 간부들이 모두 모여 있었다.

"회장님, 오셨습니까. 회장님은 볼 때마다 점점 멋있어지네요. 어젯밤에 좋은 일이 있었던 모양이죠?"

황인혜가 최강철을 보자마자 대뜸 농담을 건네왔다.

부창부수라더니 윤성호의 영향을 받은 때문인지 갈수록 농담의 강도가 강해졌다.

황인혜의 농담에 서지영의 얼굴이 발갛게 변했지만 최강철이 그 정도에 주눅 들 사람은 아니었다.

"좋아지긴요. 얼굴 거칠어진 거 안 보여요? 난 말이에요, 지영 씨와 집에서 자는 게 시합하는 것보다 더 힘들어요."

"어머, 왜요?"

"잠을 못 자거든요."

최강철이 더 큰 농담으로 맞받아치자 서지영이 옆구리를 찔렀고, 옆에 있던 클로이와 수잔이 깔깔거리며 박장대소했다.

오랜만에 만났기 때문에 그들은 대화를 하면서 연신 웃음을 흘렸으나 막상 보고를 시작하자 언제 그랬냐는 듯 분위기가 엄숙하게 변했다.

이미 유선으로 보고받은 내용과 대동소이했지만 세부적으로 들어가자 새로운 것이 많았다.

모든 보고를 받은 최강철은 여전히 똑같은 반응을 보였다.

마이다스 CKC의 업무가 아무리 복잡하게 돌아간다고 해도 결국 모든 정점은 그에게로 돌아온다는 것을 너무나 잘 알고 있으니 굳이 작은 것들을 꺼내 시비를 걸 이유가 없었다.

보고가 끝났을 때는 이미 2시간이 훌쩍 지나고 있었다.

"회장님, 이상으로 보고를 마치겠습니다. 지시하실 일이 있으면 말씀해 주십시오."

언제나 그렇듯 보고가 끝나자 서지영이 대표로 최강철의 의견을 물어왔다.

지금까지 보고한 것은 형식적인 절차에 불과했고 지금부터가 진짜다.

마이다스 CKC의 향후 사업 전략은 최강철로부터 나왔고, 회사는 철저하게 그 원칙을 지키며 운영되기 때문이다.

가만히 듣고 있던 최강철의 입이 열린 건 모든 간부가 전부 그의 눈을 바라봤을 때다.

"그럼 지금부터 마이다스 CKC가 추진해 나가야 할 일에 대해서 말씀드리겠습니다. 먼저 델 컴퓨터입니다. 사장님, 우리가 보유한 델 컴퓨터의 주식 가치가 얼마나 되죠?"

"현재 가치로 100억 달러가 조금 넘습니다. 지금도 계속 상승 추세에 있기 때문에 매일 달라지고 있어요."

"그렇다면 이제부터 매도 포지션에 들어가십시오. 매도는 연말부터 내년까지 1년 동안 끝내야 합니다."

"회장님, 그게 무슨 말씀이에요? 델 컴퓨터의 주식을 팔자고요?"

최강철의 말을 들은 서지영이 펄쩍 뛰었다.

그녀는 얼마나 놀랐는지 안색이 하얗게 바뀔 정도였다.

그도 그럴 것이 현재 막대한 수익을 올리고 있는 델 컴퓨터에서 매년 5억 달러 이상의 현금이 들어오고 있기 때문이다.

거침없는 질주.

현재 델 컴퓨터는 맞춤형 조립 컴퓨터로 미국 시장을 장악하고 있는 중이었다.

"델 컴퓨터의 시장 환경은 향후 제한적으로 바뀔 겁니다. 시장이 바뀌면 기업은 자연스럽게 도태될 수밖에 없어요. 미련을 과감하게 버리는 것, 그것이 바로 투자에 종사하는 사람들의 기본입니다."

"어떤 상황이 바뀐다는 건지 저는 모르겠어요. 델 컴퓨터는 황금 알을 낳는 거위라고 회장님이 계속 말씀해 오셨잖아요."

"앞으로 중국에서 만든 컴퓨터들이 물밀듯 밀려들 겁니다. 그리고……."

최강철은 계속 말을 하려다가 잠시 멈추었다.

델 컴퓨터가 경영 위기에 빠지는 가장 큰 이유는 경쟁 업체들의 고객 니즈에 맞춘 컴퓨터의 대량생산과 가격이 싼 중국산 컴퓨터의 수입, 그리고 향후 아이폰으로 대표되는 모바일의 보급이 확산된다는 것이다.

과연 이런 사실들을 말한다면 서지영을 포함한 간부들이 무슨 생각을 할지 궁금했다.

절대 믿지 못할 것이다.

그랬기에 최강철은 말을 멈추고 잠시 숨을 고른 후 이야기를 진행시켰다.

"나는 델 컴퓨터의 주식을 전부 처분하고 향후 전망이 뛰어난 주식 쪽으로 투자했으면 합니다."

"어떤 주식들을 말씀하시는 거죠?"

"애플과 버크셔 해서웨이, MS 등 우리가 보유한 주식들입니다."

"정말 그렇게 생각하시나요? 델 컴퓨터는 막대한 이윤이 나오지만 그 주식들은 이미 오를 만큼 올랐어요. 너무 모험이 커요."

"괜찮아요. 그 주식들은 지금보다 훨씬 성장해 나갈 겁니다. 델 컴퓨터의 주식은 내년 말까지 모두 완료해야 됩니다. 반드시 기한을 지켜야 된다는 걸 잊지 마세요."

"우리가 보유한 주식을 전부 처분하면 델 컴퓨터의 주가에 영향을 미치게 될 거예요."

"천천히 해야죠. 지금 델 컴퓨터는 매출액이 폭발적으로 늘면서 계속 주가가 상승하고 있는 중이라 우리가 매도해도 버틸 만할 겁니다."

"휴우, 알겠습니다."

서지영이 강한 눈빛을 던지는 최강철의 시선을 받은 후 힘들게 고개를 끄덕였다.

그의 말이 맞았다.

현재 델 컴퓨터의 주식은 없어서 못 살 정도였으니 일 년 반이란 시간 동안 주식을 처분하는 건 일도 아니었다.

그럼에도 서지영이 그런 소리를 한 것은 주식을 처분하는 게 너무나 아까웠기 때문이다.

뒤로 물러서 있던 클로이가 입을 다시 연 것은 델 컴퓨터의 처분에 대해서 최강철의 지시가 끝났을 때다.

"회장님, 시스코의 이윤이 점점 커지고 있어요. 작년 순수익은 40억 달러를 넘었습니다. 지금 상장을 한다면 엄청난 거액을 확보할 수 있어요. 저희가 계산한 바에 따르면 상장했을 경우 최소 500억 달러는 확보할 수 있습니다."

"시스코는 마이다스 CKC의 그림자 경영 모태입니다. 나는 시스코는 상장하지 않을 겁니다."

"그럼 호리즌과 엠파이어는요. 두 회사 모두 지금 난리가 아니에요. 수많은 투자회사들이 호리즌과 엠파이어의 성장 가능성을 보고 투자하겠다며 줄을 서 있어요. 회장님의 생각은 어떠세요?"

"받지 마십시오. 마이다스 CKC가 뭐가 아쉬워서 그들의 투자를 받겠습니까?"

"위험 때문이죠. 기업은 언제나 불시에 다가오는 위험에 직면할 수 있어요. 투자를 받는 건 그런 이유 때문 아니겠어요?"

"그 두 회사는 앞으로 마이다스 CKC에 천문학적인 돈을 벌어다 줄 겁니다. 나는 그 회사들에 대한 투자를 받지 않을 것이고 상장 또한 하지 않을 거예요."

"아……."

"클로이."

"예, 회장님."

"대신 두 회사의 외국 진출에 대해서 준비해 주세요. 한국과 일본, 그리고 중국과 유럽 등에 말이죠."

"호리즌과 엠파이어는 아직 궤도에 오르지 않았어요. 인터넷이 상용화되면서 사용자가 꾸준히 늘고 있지만 수익성이 그렇게 많지 않은 실정이에요. 외국으로 진출한다면 적자의 폭이 계속 늘어날 겁니다."

"괜찮습니다. 우리의 전략은 언제나 선점입니다. 항상 그걸 잊지 마세요."

"알겠습니다. 준비하겠습니다."

"그리고 호리즌의 에릭 슈미트에게 이것을 주십시오."

"이게 뭐죠?"

"소셜 네트워크 서비스(Social Network Service)라는 겁니다. 인터넷을 이용하는 사람들이 인맥을 형성할 수 있게 해주는 서비스죠."

"저는 무슨 말씀인지 이해가 안 돼요."

"그럴 겁니다. 지금은 길게 설명할 시간이 없으니까 이것을 에릭 슈미트에게 그냥 전해주세요. 기본적인 개념을 자세하게 설명해 놓았으니까 그는 금방 이해할 거예요. 이것을 바탕으로 프로그램을 개발하라고만 말하면 알아들을 겁니다."

"알겠습니다."

"개발 기한은 3년. 완성되는 대로 특허 출원을 하고 회사 출범에 관한 준비까지 완료하라고 지시하세요."

"그렇게 전하겠습니다."

최강철은 클로이에게 자신이 준비한 소셜 네트워크 서비스의 개념 정리본을 넘겨준 후 보고서의 다음 장을 넘겼다.

원래는 직접 에릭 슈미트를 만나 전해줄 생각이었으나 이번만큼은 서지영과 같이 시간을 보내겠다는 굳은 약속 때문에 클로이에게 전해주고 말았다.

호리즌이 있는 샌프란시스코까지 넘어가게 되면 시스코와 엠파이어의 경영층과도 만나야 된다.

그리되면 또다시 일에 빠져들 수밖에 없을 것이다.

"다음은 수잔. 부동산은……."

최강철의 지시는 거의 한 시간 동안 이어졌다.

각 분야에 대한 커다란 밑그림이 그의 입을 통해 쉴 새 없이 쏟아져 나왔다.

늘 겪는 일이지만 이럴 때마다 모여 있는 사람들의 입이 다물어질 줄 몰랐다.

괴물이다.

한국에서 일하는 줄 알았는데 그 와중에 언제 이런 생각을 했는지 머릿속을 열어보고 싶은 심정이다.

꿈결 같은 시간.

최강철은 서지영이 맡고 있는 업무를 클로이와 수잔에게 맡겨놓고 그녀와 함께 여행을 떠났다.

거의 한 달간에 걸친 대륙 종주 여행이었다.

세도나, 요세미티, 디즈니월드, 그랜드캐니언 등 미국에 살면서 그녀와 함께하지 못한 관광지들을 다니며 즐거운 시간을 보냈다.

워낙 힘든 여정이었으나 두 사람은 언제나 서로의 손을 꼭 잡고 하루하루를 기쁨 속에서 여행을 즐겼다.

사진을 찍었다.

둘만의 영원한 추억을 위해.

언젠가 이 사진들은 서로의 가슴에 남아 헤어짐의 두려움을 이겨내는 재료로 쓰일 것이다.

돈 킹이 찾아온 것은 최강철이 뉴욕으로 돌아와 집에서 휴식을 취하고 있을 때였다.

그는 언제부턴가 시합이 잡히면 직접 찾아오는 버릇이 생겼다.

"여행을 갔었다며?"

"그렇습니다."

"즐거웠던 모양일세. 얼굴이 많이 탔어."

"그동안 돈 킹 씨 때문에 놀지 못한 거 이번에 전부 해봤습니다. 아주 좋더군요. 이참에 은퇴하는 게 어떨까 하는 생각이 들 정도였습니다."

"그런 소리 하지 말게. 내 심장 떨어진다네."

"하하, 그래, 이번에는 어떤 좋은 소식을 가지고 왔습니까?"

"바스케스 그 자식들과 마지막 협상을 하고 오는 길일세. 결국… 내가 지고 말았네."

돈 킹이 말하면서 화가 나는지 자신의 허벅지를 주먹으로 내려쳤다.

단 한마디만 듣고도 상황이 유추되었다.

그동안 돈 킹은 바스케스 측의 무리한 요구 때문에 골머리를 앓고 있었는데 결국 그들의 고집을 꺾지 못했다는 뜻이다.

"얼마나 주는 것으로 했습니까?"

"2,000만 달러라네. 휴우, 그 돈이 나올지 모르겠어. 애만 쓰다가 쫄딱 망한다면 자네가 책임지게."

돈 킹이 한숨을 길게 흘려냈다.

이미 최강철의 대전료는 결정된 것이나 다름없었다.

레너드와의 경기에서 3,000만 달러를 받았으니 최소 그 이상은 줘야 된다.

그랬기에 돈 킹은 일부러 더 크게 한숨을 내쉰 건지도 모른다.

하지만 최강철은 그의 한숨 소리를 들으면서 눈 하나 깜빡하지 않았다.

그의 의도를 알고 있으니 심리전에 말려들 이유가 없었다.

그리고 또 하나.

돈 킹 같은 사업가가 밑지는 장사를 할 리가 없으니 분명 그는 계산기를 전부 두드린 후 찾아왔을 것이다.

"바스케스는 슈퍼웰터급에서 10차 방어전까지 치른 강자 중의 강자니까 그 정도 돈은 줘야겠죠. 레너드의 개런티를 그도 알고 있을 거 아닙니까?"

"인기가 없잖아, 인기가! 아무리 강해도 인기가 없으면 시체나 다름없단 말일세. 그놈은 명예가 뭔지 몰라. 그놈이 인기가 없는 이유는 상대에 대한 배려가 전혀 없기 때문이야. 복싱은 스포츠지 싸움이 아니라는 걸 그놈은 모르는 모양이야.

그냥 때려 부숴야 되는 줄만 안다고."

"그래서 이번 시합을 복싱 팬들이 간절하게 기다리고 있는 거 아닌가요?"

최강철이 정곡을 찔렀다.

바스케스의 별명은 링의 난폭자였다.

상대가 그로기에 몰려 전혀 방어를 하지 못하는 상황에서도 펀치를 멈추지 않는 것으로 유명했기 때문에, 일부 복싱 팬들은 그를 '검은 악마'로 불렀다.

복싱 팬들이 4대 천왕에 그를 올려놓기를 꺼려 한 것도 그런 이유 때문이었다.

슈퍼웰터급을 평정하며 10차 방어전까지 치렀음에도 복싱 팬들은 그의 강함은 인정하지만 좋아하지 않았다.

그랬기에 이 경기가 뜨거운 관심을 불러 모았다.

영웅과 악마의 대결.

복싱 팬들의 관심은 온통 허리케인이 무자비한 폭력성을 지닌 검은 악마를 이기고 슈퍼웰터급을 평정할 수 있느냐는 것뿐이었다.

최강철이 정곡을 찌르자 돈 킹의 얼굴이 일그러졌다.

하여간 이놈은 머리 돌아가는 게 귀신이란 표정이다.

"솔직히 말하겠네. 나 역시 이번 시합이 레너드전에 못지않은 관심을 받고 있다는 걸 인정하네. 하지만 여러 가지 측면에서 예전보다 상황이 악화되었어. 일단 뉴욕의 특설 링에 대한 사용료가 대폭 올랐고 방송사들이 담합하면서 중계료가 대폭 다운되었다네. 거기다가 홍보 비용이 잔뜩 올랐고 인건비도 장난이 아닐세."

"그래서요. 자꾸 말 빙빙 돌리지 마시고 핵심을 말하세요."

"허리케인, 나도 자네의 대전료를 올려주고 싶네. 하지만 이번만큼은 조금 양보해 주게. 그놈이 예상보다 많은 대전료를 가져가는 바람에 내가 여유가 없어."

"얼마를 말하는 겁니까?"

"레너드전 때처럼 3,000만 달러로 하세."

돈 킹의 시선이 흔들거렸다.

여기서 최강철이 거부한다면 그는 상당히 곤란한 처지에 빠져들 것이다.

그랬기에 최강철은 슬그머니 그의 손을 잡으며 미소를 지었다.

데뷔한 후 지금까지 돈 킹이 자신에게만큼은 최선을 다했다는 것을 너무나 잘 알고 있었다.

"좋습니다. 그렇게 하세요. 대신 언론에는 4,000만 달러를 받은 것으로 흘리세요. 적어도 그놈보다 배는 받아야 되지 않겠습니까?"

"정말 그렇게 해줄 텐가?"

"나는 한 입으로 두말하지 않는 성격이란 거 잘 아시잖습니까. 이제 중요한 일이 해결되었으니 빨리 시합 날짜를 잡아주세요. 제대로 된 시합을 하지 못해서 그런가. 자꾸 몸이 근질거립니다. 우리 최대한 빨리 합시다."

최강철의 시합이 벌어질 때마다 상대가 누구든 대한민국은 전 국토가 들썩인다.

하지만 강도와 긴장감은 상대에 따라 다를 수밖에 없었다.

전설이던 듀란, 헌즈, 레너드전 때는 대한민국 전체가 초긴장 상태에 빠졌으나 최근에 벌어진 2번의 방어전은 그나마 편안한 마음으로 지켜볼 수 있었다.

최강철로부터 촉발된 제2차세계대전.

WBC 슈퍼웰터급 챔피언 홀리오 바스케스와의 경기가 확정되자 대한민국은 또다시 숨을 죽였다.

이번 시합은 1년여를 질질 끌어왔으나 대전 확정부터 시합까지의 일정이 4개월에 지나지 않을 정도로 빠르게 진행되었다.

홀리오 바스케스.

4년 전 챔피언에 오른 후 공포의 챔피언으로 군림하며 복싱 팬들이 열광하는 중량급의 최강자로 등극한 선수였다.

48전 47승 1패 43KO승.

열 번의 타이틀 방어전을 치르며 단 1번을 제외하고 나머지

9번의 경기는 KO로 끝냈을 만큼 강력한 펀치를 지닌 링의 맹수였다.

그의 특징은 무자비하다는 것이었다.

링에 오르는 순간 상대에 대한 배려나 예의, 그리고 존경심을 완전히 버리고 오직 승리를 위해 모든 방법을 쓰기 때문에 검은 악마로까지 불릴 정도다.

복싱 팬들이 그를 좋아하지 않는 이유는 대미지를 입어 방어조차 하지 못하는 선수를 철저히 짓밟고, 다운을 당한 선수에게 위협적으로 다가가 욕설을 내뱉는 행동을 시도 때도 없이 저지르기 때문이었다.

그럼에도 그가 강하다는 것은 부인할 수 없는 사실이었다.

전문가들조차 그의 펀치와 상대를 압박하는 기술은 세계 최고 수준이라 평가할 만큼 대단했다.

레너드가 허리케인과 시합할 때 여러 언론에서 레너드의 선택에 대해 말이 많았다.

물론 흥행적인 면과 최강철을 꺾었을 때의 효과를 본다면 당연한 선택이었겠지만 일부 언론은 레너드가 바스케스와의 대결을 고의로 피했다는 기사를 내보냈다.

타이밍 때문이었다.

레너드가 재기전을 두 번 마쳤을 때 바스케스는 그와의 시합을 강력하게 제의하며 언제라도 붙겠다는 주장을 펼쳤다.

그러나 레너드는 그의 도발에 일체 대응하지 않았다.

여러 가지로 해석할 수 있었지만 말 많은 언론은 그것을 바스케스에 대한 두려움 때문이라고 입방아를 찧었다.

허리케인 VS 훌리오 바스케스.

두 선수의 대전이 결정된 것은 뜨거운 태양이 대지를 달구던 7월의 마지막 일요일이었다.

〈대전 확정. 허리케인, 드디어 검은 악마와 운명의 한판 승부를 벌이다!〉

〈강력한 허리케인의 태풍이 난폭자를 잡는다. 드디어 개봉 박두!〉

주요 신문들이 두 선수의 대결을 호외로 터뜨렸다.

그 소식에 모든 국민의 시선이 단박에 몰려들었다.

최강철의 슈퍼웰터급 통합 타이틀전.

언제나 불같은 투지로 강력한 상대와의 싸움을 마다하지 않던 최강철이 기어코 링의 난폭자인 바스케스와 싸운다는 소식이 전해지자 국민들은 흥분에 젖어갔다.

세기의 빅 이벤트는 많았지만 대한민국 국민들에게는 최강철의 경기만큼 심장을 떨리게 만드는 것이 없었다.

"미치겠군. 바빠 뒈지게 생겼어."

"그래도 얼마나 다행이냐. 강철이가 방어전을 한 번 더 치르는 바람에 우리한테 돌아왔잖아. 지금 KBS 애들은 초상집 분위기일 거야."

"왜?"

"이번에 강철이가 이기면 다음 시합은 걔들이 중계를 해야 되잖아. 생각해 봐. 바스케스같이 강한 놈을 이기면 다음 시합은 조금 편한 놈으로 고를 거 아니냐. 그리고 그다음 상대가 피넬 휘태커가 될 가능성이 커. 한 번씩 건너뛰고 빅 이벤트가 만들어지는 거지. 정말 그렇게 되면 우리는 대박이 터지는 거 아니겠어?"

"그럴 가능성이 얼마나 되겠냐."

"크크, 휘태커를 때려눕히고 한 번 건너뛴 후 챠베스와 싸우는 거야. 그러면 2차세계대전을 우리가 전부 독식할 수 있어."

"참, 꿈도 야무지다."

문정모의 이야기를 들으며 하정우가 혀를 찼다.

물론 그렇게만 된다면 광고를 맡고 있는 자신에게도 최상의 시나리오이다.

문정모도 마찬가지겠지.

엄살을 떨고 있지만 중계 담당 PD인 그는 그렇게 되는 순간 세계의 빅 이벤트를 전부 현장에서 지켜볼 수 있는 영광을 누릴 수 있다.

"강철이 아직도 미국에 있냐?"

"응. 그래서 윤성호 관장하고 이성일 트레이너가 내일 급히 미국으로 넘어간단다."

"그 사람들도 바쁘겠네. 이미 준비는 하고 있겠지?"

"당연히 그랬을 거야."

"잘 좀 해줬으면 좋겠다."

하정우가 식은 커피를 홀짝 마시며 중얼거리자 문정모가 슬쩍 화제를 돌렸다.

"이번에 광고료를 또 올린다며. 이거 너무 자주 올리는 거 아냐?"

"위에서 결정한 걸 어떡해. 윗선에서는 최강철 효과를 단단히 볼 생각인 것 같아. 공영방송이 이래도 되는 건지 모르겠어."

"기업들이 들어올까?"

"걱정도 팔자네. 시합이 확정되자마자 지네 광고 넣겠다고 덤빈 놈들이 20개도 넘어. 강철이 시합인데 돈이 문제겠어. 아마 지금보다 더블을 달라고 해도 미친 듯이 달려들 거다."

"크크, 그렇기도 하겠군. 전 국민이 다 지켜보니 오죽 효과가 커야지."

"이번엔 12월의 추위가 무색해지겠다. 문 PD, 네 생각에는 강철이가 이길 것 같아?"

"내가 중계 PD지 전문가냐? 그걸 왜 나한테 물어!"

"서당 개 3년이면 풍월도 읊는다며. 그래도 복싱 중계를 오래했으니까 대충 들은 게 있을 거 아냐?"

"바스케스는 무식할 정도로 강한 놈이다. 비록 강철이가 세계 복싱계의 영웅으로 불리며 엄청난 인기를 누리고 있지만 그 자식은 조금 버거울 거야. 일단 피지컬에서 차이가 나. 그 놈은 생긴 게 꼭 불곰 같다니까."

"잔인하다며?"

"여러 선수가 시합 끝나고 병원으로 직행했다더라. 시합이 시작되면 미친놈이 되는 모양이야."

"하아, 벌써부터 걱정되기 시작하네."

"걱정하지 마라. 강철이는 불사조야. 언제 개가 상대를 두려워하는 거 봤어? 악마가 아니라 악마 할애비가 와도 강철이한테는 안 돼."

"정말 그랬으면 좋겠다."

하정우가 종이컵을 쓰레기통에 던지며 자리에서 일어났다.

걱정이 되지만 간절하게 기다려진다.

지금까지 최강철은 불가능을 가능으로 바꾸며 국민과 자신에게 한없이 큰 기쁨을 줬다.

아니다. 단순한 기쁨이 아니라 한국인이라는 자긍심과 희망, 그리고 도전 의식까지 최강철의 승리로 얻었으니 그가 이길 때마다 엄청난 선물을 받은 것이다.

그랬기에 그를 좋아했고 사랑했다.

이제 최강철의 시합은 단순한 복싱 선수의 시합이 아니라 대한민국 전체의 위대한 도전이 된 지 오래였다.

*   *   *

"왔습니까?"

"야, 무슨 일을 콩 볶아 먹듯 해치우는 거냐? 정신없이 달려오느라 힘들어 죽는 줄 알았다."

"하하, 고생하셨습니다."

"지영 씨는 잘 있고?"

"그럼요."

윤성호의 질문에 최강철이 빙그레 웃었다.

반가운 얼굴들. 이 사람들의 얼굴은 언제 봐도 즐겁다.

윤성호와 함께 들어온 이성일은 코를 킁킁대면서 집 안을 둘러보고 있는데 신혼집에 처음 와본 놈처럼 열심히 돌아다녔다.

"이 자식아, 거긴 왜 들어가?"

"여기가 침실이냐? 좋네, 좋아."

"안 나와?"

"이불이 엄청 보드랍다. 일 치르기에는 최고겠어."

"지랄한다. 에잇!"

"아파, 인마! 놔라! 귀 떨어진다!"

기웃거리는 이성일의 귀를 잡아당기자 놈이 죽는다고 소리를 질러댔다.

그럼에도 최강철은 소파까지 끌고 온 후에야 귀를 놔줬다.

"지영 씨는 어디 갔어?"

"회사에 출근했습니다. 6시면 들어올 겁니다."

"그럼 독수공방 중이구먼. 크크, 원래 사람 사는 게 다 그래. 언제 처지가 바뀔지 모른다니까."

"고소한 모양이네요."

"당연하지. 천하의 최강철이 독수공방하고 있는 모습을 보니까 십 년 묵은 체증이 다 내려가는 것 같아. 아마 지영 씨도 일부러 그러는 걸 거야."

"참, 대단하십니다."

"별거 아냐. 너 같은 고집쟁이와 오래 살다 보면 다 그렇게 돼. 그런데 짐은 다 쌌냐?"

"아뇨."

"왜 안 쌌어? 시간 없구먼."

"관장님, 낮에는 독수공방이라지만 밤에는 여우 같은 마누라가 들어옵니다. 이번에는 편하게 집에서 출퇴근하면 안 될까요?"

"네가 죽고 싶은 거지? 난 이 자식아, 네 시합 있을 때마다 마누라와 생이별을 하면서 살았다. 말도 안 되는 소리 하지 말고 얼른 짐 싸!"

"나는 신혼이잖아요."

도끼눈을 부릅뜨는 윤성호를 향해 최강철이 꿋꿋하게 버티자 이번에는 이성일이 나섰다.

"이놈아, 나도 신혼이거든!"

"성일아, 저놈 저기 저 끈으로 묶어. 아예 포박해서 끌고 가자."

4개월. 그래, 4개월이면 충분하다.

방어전이 끝나고 벌써 8개월이 지났지만 최강철은 시간이 날 때마다 꾸준히 운동을 해왔기 때문에 근육이 이완되도록 만들지 않았다.

그랬기에 이번 경기도 기대 속에서 훈련에 돌입했다.

레드불스도 많이 변했다.

그가 이곳에 처음 왔을 때 있던 선수들은 대부분 떠났고 다른 선수들이 그 자리를 채우고 있었다.

레드불스에서 훈련하는 선수들은 최강철이 합류할 때마다

존경하는 눈빛으로 그를 바라봤다.

그들의 소원은 최강철과 1라운드라도 스파링을 해보는 것이었다.

세계 복싱사에 한 획을 그어버린 영웅과 주먹을 맞댈 수 있다면 복싱 선수로서 다시없는 영광이다.

훈련 패턴은 언제나 똑같다.

먼저 피지컬 훈련을 통해 체력을 극대화시키고 전술 훈련으로 들어가 상대를 쓰러뜨릴 준비를 하는 것이다.

이젠 윤성호와 이성일도 판정으로 간다는 생각을 버린 지오래였다.

31전 31KO승.

최강철이 보유한 전적은 무결점이었으니 그들은 그런 전적에 오점을 남기고 싶지 않았다.

레드불스는 또다시 기자들의 천국으로 변했다.

시합이 다가올수록 그 숫자는 늘어났는데 이럴 때마다 다운타운은 난데없는 호황을 맞았다.

거의 300명에 육박하는 기자들이 레드불스 근처에 머물렀다.

미국뿐만 아니라 대한민국과 전 세계 언론이 몰려들었으니 레드불스는 언제나 기자들로 북적였다.

레너드전을 끝으로 최강철이 훈련 기간 동안 일주일에 한 번씩 언론에 모습을 드러냈기에 발생한 일이었다.

시합을 한 달 앞둔 11월의 두 번째 수요일.

최강철이 훈련 모습을 공개하고 간단한 인터뷰를 하는 날이었기에 스포츠조선의 어윤천과 스포츠중앙의 한만석은 레드불스 앞에서 문이 열리기를 기다렸다.

손목시계가 2시 50분을 가리키고 있으니 아직도 10분을 더 기다려야 한다.

레드불스의 정문은 기자들로 인해 시장바닥을 연상시켰는데 전부 카메라를 들고 있어 그 모습이 꼭 전쟁터에 나가는 사람들로 보였다.

"휴, 바글바글하구먼. 이러다가 사진이나 찍을 수 있을지 모르겠네."

"그래도 얼마나 다행이냐. 이 자리를 차지하기 위해 새벽부터 지랄했잖아."

행동이 빠른 것으로 따지면 외국 기자들은 한국 기자들을 따라오지 못한다.

그동안 최강철을 취재하면서 요령을 익혔고 일찍 나와 기다렸기 때문에 두 사람은 가장 앞쪽에 서 있는 상태였다.

드디어 문이 열리는 순간, 두 사람은 총알처럼 움직여 가장 좋은 자리를 차지했다.

레드 라인.

빨간 줄을 길게 그어 기자들이 더 이상 접근하지 못하도록 만들어놓은 선이다.

두 사람은 레드 라인의 가장 앞에 서서 카메라로 사격 자세를 취한 후 미친 듯이 사진을 박아댔다.

조금 후면 뒤에 있는 놈들이 마구 밀고 들어온다는 것을 알기에 최대한 빨리 좋은 사진을 확보해 놔야 했다.

이미 최강철은 훈련을 하고 있었는데 온몸이 땀으로 번들거리고 있었다.

"언제 봐도 끝내주는군. 최강철 복부의 식스 팩 봐라. 그냥 굵은 선을 그어놓은 것 같네."

"그래서 여자들이 전부 뻑 가는 거잖아. 저런 몸을 가진 놈이 어디 있겠어."

"그건 그렇지."

"이젠 정확하게 한 달 남았군."

"씨발, 여기서 한 달 동안 버틸 생각을 하니까 눈앞이 깜깜해. 그나저나 내일 텍사스에 갈 거냐?"

"가봐야지. 꽁꽁 숨어 있던 바스케스가 갑자기 기자 인터뷰를 한다잖아. 그놈은 무슨 소릴 하려고 기자들을 부른 걸까?"

"글쎄, 워낙 음흉한 놈이라서 무슨 소릴 할지 종잡을 수가 없어. 일단 가보면 알겠지."

〈바스케스, 최강철을 꺾고 체급을 내려 피넬 휘태커와 싸우겠다고 공언!〉

이번 통합 타이틀을 한 달 앞둔 바스케스는 자신의 승리를 확신하며 다음 시합으로 휘태커와의 경기를 추진하겠다고 밝혔다.

그는 챠베스가 체급을 올려 웰터급으로 전향한다면 챠베스와 싸울 생각이 있다는 말도 했다.

바스케스가 갑자기 기자회견을 통해 이런 사실을 밝힌 것은 제2차세계대전의 주도권을 먼저 선점하기 위한 것이라 추정된다.

그는 경기를 추진하는 과정에서 파이트머니의 차이가 있다는 것에 강한 분노를 나타냈으며, 이번 시합에서 완벽하게 최강철을 제압함으로써 자신이 세계 최강이라는 사실을 증명하겠다고 주장했다.

"뭐, 이런 새끼가 다 있어? 얘, 미친 거 아냐?"

"깡철이가 사람들한테 인기 있는 게 부러웠던 모양이다. 왜 그런 거 있잖아. 남의 떡이 더 커 보이는 거. 저 자식은 그냥 해본 소릴 거야. 몸집을 봐. 만약에 저 몸으로 웰터급에 내려가면 저놈은 죽어."

"왜?"

김영호의 말에 류광일이 의문에 가득 찬 눈을 만들었다.

그의 말이 워낙 확신에 차 있었기 때문이다.

휘태커가 웰터급에서 7차 방어까지 성공하며 복싱팬들에게 강렬한 인상을 심어줬지만, 전적으로만 따지면 바스케스가 더 무시무시했다.

김영호의 입이 다시 열린 것은 류광일이 순수한 눈망울로 의문을 해결해 달라고 열심히 바라볼 때였다.

"바스케스의 피지컬은 미들급 수준이야. 그놈은 시합을 할 때 죽어라고 훈련해서 체중 조절을 해야 해. 철저하게 식단을 조절해 가면서 간신히 링에 오르는 거란 말이다. 그런데 웰터급으로 내려간다고 생각해 봐. 어찌어찌해서 체중을 맞춘다 해도 제대로 서 있지 못할 거다. 더군다나 휘태커가 보통 놈이냐. 웰터급 역사상 가장 빠른 놈이라고 알려진 놈이야. 오죽하면 마크 브릴랜드가 그놈한테 졌겠어."

"한 체급 내리는 게 그렇게 힘든가? 강철이는 체급을 올려서도 잘하잖아."

"그건 강철이니까 가능한 거야. 체급을 올리는 것도 무척 어려운 일이지. 피지컬이 다른 놈들과 싸워야 하니까. 하지만 체급을 내리는 것이 더 어려워. 아주 쉽게 생각하면 돼. 배부른 돼지는 행동이 둔해도 서 있을 수 있지만, 등에 뱃가죽이 닿을 정도로 굶은 사자는 서 있지도 못하거든."

"어이구, 그렇기도 하겠다. 나는 한 끼만 굶어도 정신이 없는데 10kg을 빼고 링에 오르면 서 있기도 힘들겠네."

"그래서 바스케슨가 바께슨가 이놈의 말이 신빙성 없다는 거야."

"그럼 걔가 왜 그런 소릴 한 거지?"

"심리전."

"심리전?"

"최강철도 그렇겠지만 바스케스도 최강철이 부담스러울 거야. 워낙 무차별적으로 달려왔으니 부담스러울 수밖에. 그래서 놈은 최강철을 자극하려는 것 같아."

"미친놈. 그래도 안 돼. 심리전은 깡철이가 최고야. 어디서 어설프게 덤벼?"

"레너드 때는 양 선수가 시합 때까지 조용히 있어서 심심했는데, 바스케스가 하는 짓을 보니 이번엔 무척 재밌을 것 같네."

"왜 재밌어?"

"심리전이 시작되면 뉴스거리가 무제한으로 생산되거든. 시합 기다리느라 목이 빠질 정돈데 그런 거라도 있어야지."

김영호가 빙긋 웃으며 종이컵에 든 커피를 홀짝거리는 류광일을 바라보았다.

일각이 여삼추처럼 느껴졌다.

시합은 이제 한 달밖에 남지 않았으나 그들에게는 일 년도 넘게 남은 것 같았다.

류광일의 입이 다시 열린 것은 김영호가 사무실로 돌아가기 위해 종이컵을 쓰레기통에 던질 때였다.

"야, 김 과장. 그런데 말이다. 네 이야기대로라면 강철이도 불리한 거 아냐?"

"뭐가?"

"바스케스를 때려눕히고 나면 강철이도 웰터급으로 내려가지 않겠어? 그럼 휘태커하고 붙어야 되잖아."

"강철이는 원래 웰터급이었어. 바스케스와는 상황이 달라. 강철이가 웰터급으로 내려가 휘태커와 붙는다면 정말 우리는 세상에서 가장 빠른 시합을 보게 될지도 모른다."

"그럼 챠베스는?"

"걔가 올라와야지. 웰터급으로."

"안 올라오면 어떻게 되는데?"

"올라오지 않으면 뭐 하러 싸우겠어. 가뜩이나 그 자식과는 싸우고 싶지 않았는데 잘된 거지."

"챠베스가 그렇게 강한 거냐?"

"두말하면 잔소리지. 그놈은 신이 빚어낸 복서라고 불릴 정도야. 슈퍼라이트급에서 그를 상대할 사람은 아무도 없다. 아무리 빠른 스피드를 가졌어도, 레너드 버금가는 테크닉을 가졌다는 놈도, 100% KO 승률을 가진 강편치도 챠베스한테는 전부 쓰러졌어. 강철이가 웰터급에서 싸운다면 몰라도 체급을 내려서 붙는다면 이기기 힘들 거다."

"그게 정말이야?"

복싱 박사 김영호의 대답을 들은 류광일의 입에서 황당함이 묻어나왔다. 제2차세계대전으로 불리는 히어로4의 대결은 언론의 입을 통해 확대, 재생산되며 이젠 완전히 결정된 것처럼 복싱 팬들의 입에서 오르락내리락하는 중이다.

그런데 막상 복싱 박사의 설명을 듣고 나자 해결해야 될 과제가 한두 개가 아니다.

최강철의 경기를 언제나 간절히 기다리고 있었지만, 최악의 상태에서 링에 올라 지는 걸 보고 싶지는 않았다.

챠베스가 올라와야 한다. 그래서 최강철처럼 도전 의식을 가지고 싸워야 한다.

하지만 그건 자신의 욕심이고 챠베스 역시 불리함을 뻔히 알면서 웰터급으로 올라오지는 않을 테니 언론이 떠드는 것처럼 제2차세계대전은 완성되기가 힘들 것 같았다.

아니, 어쩌면 세계대전은 이번 한판으로 끝날 수도 있었다.

만약 링의 난폭자인 바스케스가 최강철을 쓰러뜨린다면 세계대전은 시작하자마자 끝날 가능성이 크다는 게 김영호의 설명이었다.

복싱의 상대성은 가장 큰 승부 요소 중 하나이다.

권투란 선수가 지닌 두 주먹만 가지고 승부를 결정짓는 스포츠로 다른 어떤 경기보다 제약성이 많았다.

빠른 선수와 느린 선수, 펀치가 강한 선수와 약한 선수, 키가 큰 선수와 작은 선수, 그리고 인파이팅과 아웃복싱에 대한 상대성이 그래서 중요했다.

빠르지만 펀치력이 약한 선수와 느리지만 강한 펀치를 가지고 있는 선수가 붙는다면 누가 이길까?

해답은 모른다는 것이다.

그것이 바로 복싱이 가진 절묘한 상대성이다.

그랬기에 상대에 대한 철저한 분석을 통해 장단점을 찾아내고 그에 맞춰 전략을 수립하는 게 무엇보다 중요한 것이다.

이성일이 분석한 바스케스의 최대 강점은 압도적인 피지컬에서 뿜어져 나오는 강력한 압박력이었다.

그냥 인파이팅과 다르다.

그의 압박은 빠르지 않았으나 상대는 그가 움직이는 것보다 최소 2배 이상 펄쩍거리며 뛰어다녀야 했다.

바스케스가 지닌 압박력은 적의 심장이 두근거릴 정도로

절대 잡히면 안 된다는 강박감을 심어주었다. 그 때문에 그를 상대한 선수들은 다른 시합보다 체력의 손상이 훨씬 심했다.

그와 싸운 선수들이 모두 8회를 버티지 못했다는 게 그 사실을 훌륭하게 증명한다.

더군다나 링의 난폭자란 별명을 지닐 만큼 압도적인 펀치력도 가졌다.

평가한다면 인파이팅 능력 최상, 펀치력 최상, 스피드 중상 정도였다.

문제는 그가 지닌 테크닉이었다.

화려하지도, 완벽하지도 않은데 수많은 선수가 그의 공격을 피해내지 못하고 퍽퍽 나가떨어졌기 때문이다.

이성일은 바스케스를 연구하면서 그의 경기를 수없이 돌려봤지만, 한동안 이유를 찾아낼 수 없어 그와 상대한 선수들의 다른 경기까지 전부 찾아봤다.

세계 랭킹에 올라 있다는 것은 최정상의 기량을 가졌다는 걸 의미한다. 그리고 거기에는 챔피언을 위협할 정도로 엄청난 능력을 지닌 선수도 많았다.

도전자들의 시합 장면을 반복해서 돌려보며 이성일은 고개를 절레절레 흔들었다.

그들이 모두 바스케스와의 경기 때와 전혀 다른 방어력과 기술을 보여주며 상대를 쓰러뜨린 것이다.

뭘까? 도대체 이 수수께끼는 무엇일까?

아무래 생각해도 이유는 한 가지뿐이었다.

이성일이 최강철에게 주문한 것은 바스케스가 상대를 때려 부술 수 있던 그 이유.

그것을 깨뜨리는 것이었다.

최강철은 이성일이 내민 전략을 받아 들며 쓴웃음을 지었다.

바스케스의 난폭성.

놈의 승리가 그 난폭성 때문이라는 이성일의 분석은 아무리 생각해도 정확해 보였다.

동물이든 인간이든 지니고 있는 기세란 것이 있다.

이성일은 바스케스가 지닌 난폭성이 상대를 압박하면서 제대로 기량을 발휘하지 못하게 만든 것이라고 분석했다.

쥐가 뱀 앞에서 꼼짝 못 하는 것처럼 말이다.

재밌는 사실이다.

하지만 이성일의 분석에는 한 가지 빠진 것이 있었다.

바로 바스케스의 강함이었다.

아무리 기세가 대단해도 지니고 있는 강함이 없다면 상대를 압박할 수 없는 법이기 때문이다.

그랬기에 더욱 흥분이 몰려왔다.

누가 그랬지.

난폭한 강자는 세상을 피로 물들이지만, 결국은 자신의 힘 때문에 죽음을 맞이한다고.

그도 그렇게 될 것이다. 제어하지 못한 힘으로 인해 그는 천천히 침몰해 나갈 것이다.

최강철은 언제나 그렇듯 훈련을 하면서 조금의 게으름도 피우지 않았다.

자신이 가지고 있는 모든 것이 훈련하는 순간만큼은 머릿속에서 지워진다.

살아 숨 쉬며 행복함을 느낀다는 것.

누가 시켜서가 아니라 스스로 즐겁기 때문에 하는 일이었고, 그 즐거움이 유일한 낙이라면 당신도 그렇게 될 것이다.

훈련이 끝나는 시간은 오후 6시.

아침 7시부터 시작된 윤성호의 훈련 스케줄은 지독할 만큼 빡빡하게 짜여서 잠시도 쉴 틈을 주지 않았다.

그는 아직도 자신이 신인 선순 줄 알았다.

샤워한 후 옷을 갈아입고 나오자 샤워장을 지키고 있던 이성일이 빙글거리며 웃고 있다.

"왜 웃어?"

시비다.

자신은 죽어라고 훈련하는데 옆에서 매번 잔소리하는 놈이

괜히 꼴 보기 싫어서 소리를 빽 질렀다.

그러자 이성일이 이온음료를 앞으로 불쑥 내밀었다.

"강철아, 네가 힘들긴 힘든 모양이구나. 죄 없는 나한테 시비 거는 걸 보니."

"네가 왜 죄가 없어, 이 자식아? 네가 짜낸 전략 때문에 힘들어 죽을 지경이다."

"언제는 그 정도로 안 했냐. 이놈이 장가가더니 엄살이 늘었네."

"그런데 왜 샤워장을 지키고 있냐? 혹시 내가 도망갈까 봐 관장님이 지키라고 하디?"

"네가 도망가 봤자 어디로 가겠어. 뛰어봤자 벼룩이지."

"하아!"

입맛이 저절로 다셔졌다.

막상 생각해 보니 도망갈 곳이 오직 한 군데밖에 없었다.

그때, 은근한 눈으로 이성일의 입이 열렸다.

"강철아, 윤 관장님이 내일 아침에 늦지 말라더라."

"무슨 소리야?"

"정문에 지영 씨 와 있다. 네가 보고 싶어서 견딜 수 없다며 사정해서 내가 오라고 했다."

"이, 미친놈이……."

"가봐. 관장님도 이젠 그런 미신 안 믿어. 대신 먹는 거 조심하고 힘 너무 빼지 말고. 알았지?"

"알았다, 이 자식아!"

윤성호가 철석같이 믿고 있는 미신은 시합 전에 여자와 잠자리를 하면 진다는 것이었다.

어디서 그런 미신을 들고 왔는지 모르지만, 그 덕에 최강철은 시합 전에는 서지영을 만나지 못했다.

최강철은 이성일의 말을 듣는 둥 마는 둥 하면서 급히 뛰어정문으로 향했다.

그곳에 사람들에게 둘러싸여 당황한 모습으로 서지영이 서있다.

한눈에 알 수 있었다.

그녀가 나타나자 잠복하고 있던 기자들이 갑자기 뛰어나온 것이 분명했다.

최강철은 정문에서 나와 그녀를 향해 천천히 다가갔다.

그런 후 기자들을 옆으로 제치며 그대로 서지영을 끌어안고 깊은 입맞춤을 나눴다.

하느님이 보우하사 우리나라 만세!

미국이란 낯선 땅에서 오직 최강철 때문에 하염없이 레드불스만 바라보고 있던 스포츠조선의 어윤천.

그가 미친 듯이 사진을 찍은 후 만세를 불렀다.

착한 일을 하면서 열심히 살다 보면 하나님은 이런 행운을 주는 모양이다.

최강철은 플래시를 정신없이 터뜨리는 기자들의 행동에 신경 쓰지 않고 진하게 키스를 나눈 후에야 서지영을 향해 입을 열었다.

"그러지 않아도 지영 씨 보고 싶어서 도망가려던 중이었어. 다행이다. 길이 엇갈리지 않아서."

"히잉, 거짓말이죠?"

"난 태어나서 지금까지 거짓말을 한 번도 한 적이 없어."

"그런데 왜 성일 씨가 몰랐어요?"

"알리고 도망가는 놈이 어디 있어? 그놈 모르게 도망가려고 했지."

"호호, 알았어. 그 거짓말 믿어줄게. 그런데 정말 오늘 같이 나가도 돼요?"

"그럼, 당연하지. 우리 관장님이 이젠 그 미신 안 믿는다네."

*   *   *

재무부 장관 황춘호는 요즘 골프에 빠져 하루하루가 즐거웠다.

국가경제는 장관을 맡은 이후로 폭발적인 성장세를 기록하며 연일 호조를 이루었기 때문에 자신에 대한 대통령의 신임은 각별했다.

이 얼마나 즐거운 일이란 말인가.

사실 그가 한 일은 별로 없었다.

과거의 정권부터 지속되어 온 경기의 호조는 그저 지켜만
봐도 열심히 굴러갔고, 자신에겐 유능한 장관이란 타이틀을
안겨줬다.

그 결과가 이것이다.

재벌들이 제대로 사업할 수 있도록 금융기관에서 융자를
팍팍 받을 수 있게 도와주자 자신을 모시기 위해 수많은 기업
이 안달을 부렸다.

이제 이대로만 버티면 자신은 꽤 유능한 장관으로 역사에
기록되어 영광스럽게 퇴장할 수 있을 것이다.

골프는 어렵지만 재밌다.

누군가 인생에서 가장 재밌는 것이 3가지가 있다는 말을
했다.

누워서 하는 것 중에 가장 재밌는 것은 섹스, 앉아서 하는
것은 마작, 그리고 서서 하는 것 중에 가장 재밌는 게 바로 골
프라는 것이다.

골프를 배운 지는 10년이 훨씬 넘었지만, 아직도 보기 플레
이 수준이다.

그럼에도 필드에 나갈 때면 가슴이 설레었다.

가슴을 탁 트이게 만드는 필드에서 드라이버 샷을 할 때의 쾌감은 사정할 때의 쾌감 이상으로 짜릿했다.

황춘호는 집무실에서 책상을 정리하며 퇴근할 준비를 했다.

내일 서울 근교에 있는 명문 골프장에서 라운딩이 잡혀 있기 때문에 오늘의 퇴근이 그 어느 때보다 즐거웠다.

외환국장이 들이닥친 건 그가 책상 정리를 마치고 자리에서 일어날 때였다.

"최 국장, 퇴근 시간에 웬일이야?"

"장관님, 잠깐 보고 드릴 게 있습니다."

"중요한 건가? 그렇지 않으면 월요일에 하는 게 어때?"

"그게… 장관님, 태국의 움직임이 심상치 않습니다."

"태국이 왜?"

"사모펀드들이 대규모로 돈을 회수하고 있습니다."

외환국장 최천호의 보고에 황춘호의 얼굴이 슬쩍 일그러졌다.

그게 어쨌단 말인가?

즐거운 퇴근을 그깐 일로 막아선 최천호의 얼굴을 바라보자 짜증스러움이 밀려왔다.

그럼에도 그는 소파에 앉으며 최천호를 향해 턱짓으로 앉으라는 신호를 보냈다.

국가의 중요한 자리에 앉은 사람은 싫어도 싫은 내색을 하면 안 된다.

"앉아,"

"예, 장관님.

"무슨 말이야? 사모펀드들이 돈을 왜 뺀다는 거야?"

"대규모 대손이 발생했기 때문입니다. 태국에 투자한 해외 투자자들이 은행들의 대손 규모가 점점 커지자 급히 투자금을 회수하는 것으로 보입니다."

"음, 태국이 힘들어지겠구먼."

대손이란 금융기관이 채무자의 신용평가를 제대로 하지 않아 손실을 보는 걸 말한다.

대손이 커진다는 것은 금융의 신용이 평가 절하된다는 걸 의미한다.

황춘호는 정통 경제학자는 아니지만, 과거 경제 관련 기관에서 연구원으로 재직한 적이 있기에 금방 상황을 눈치챘다.

태국은 한국과 대만을 따라 고금리 정책을 펴 외국 자본을 적극 유치하면서 급격한 경제성장을 이루어왔다.

하지만 고금리 정책의 가장 커다란 위험성은 외환관리에 문제가 발생할 경우 대처할 방법이 거의 없다는 것이다.

그런 상황에서 외환이 빠져나간다면 디폴트에 빠질 위험성이 크다.

"태국의 반응은?"

"외환이 빠져나가지 않도록 안간힘을 쓰고 있지만 힘들 것 같습니다. 더군다나 달러가 떨어지는 것을 방어하기 위해 국가에서 보유한 달러를 쓰고 있어 더욱 상황이 어려워지고 있습니다."

"바보 같은 놈들이군."

"장관님, 우리도 대책을 마련해야 합니다. 태국보다는 우리 경제가 훨씬 더 탄탄하지만 어떤 일이 발생될지 모릅니다."

"이 사람아, 우리나라는 300억 달러를 국고로 보유하고 있어. 태국과는 근본적으로 다르단 말이야. 우리 경제를 태국과 비교한다는 게 말이 된다고 생각해?"

"장관님, 300억 달러를 보유하고 있지만 외채는 그 5배인 1,700억 달러에 달합니다. 우리도 준비하지 않으면 커다란 문제가 생길 수 있습니다."

"쓸데없는 소리. 자네, 말조심해. 어디 가서 함부로 그런 소리 하지 말란 말이야. 잘나가는 우리 경제가 자네 한마디에 흔들거릴 수 있다는 걸 왜 몰라?"

"장관님, 우리나라는 재계 순위 30위 안에 있는 재벌들의 부채비율이 500%를 넘고 있습니다. 이것을 해결하지 않으면 언제든지 태국과 같은 사태가 올 수 있습니다. 기업이 무너지면 금융이 무너지고, 외국 자본은 가차 없이 투자금을 회수하게 될 겁니다."

"허어, 이 사람이 보자 보자 하니까 못 하는 소리가 없구 먼. 우리 경제는 지금도 호황을 거듭하고 있어. 그런 호황에 찬물 끼얹는 소리 하지 말고 그만 나가봐!"

"장관님!"

"나가보라는 내 말 안 들려?"

"…알겠습니다."

일어서는 최천호의 어깨가 무거워 보인다.

외환 전문가로서 대한민국의 외환을 관리하는 그에게 지금의 상황은 더없이 커다란 위기로 느껴졌으나 장관의 태도는 차가울 정도로 냉정했다.

무슨 뜻인지 안다.

경제는 계속 호황을 거듭하고 있기 때문에 정부에서 외환 관리에 들어가면 제동이 걸릴 수 있었다.

하지만 제동이 걸린다 해도 미연에 대책을 마련하지 않으면 엄청난 위기가 올 수 있다는 건 분명한 사실이었다.

"휴우!"

사무실을 나서며 깊은 한숨을 흘려냈다.

자신의 판단이 틀리기를 간절히 바랄 수밖에 없었다.

장관이 정치적인 이유와 자신의 안위를 위해 의견을 받아들이지 않는다면 자신으로서는 할 수 있는 것이 아무것도 없기 때문이다.

                    *   *   *

"허어, 그것참 날씨가 정말 좋구먼. 11월인데 꼭 가을 같은
날씨야."

"그렇습니다, 장관님."

산자부 장관 허영도가 창밖을 바라보며 중얼거리자 기획실
장 엄길영이 말을 받았다.

오늘은 금산에서 비룡의 연구단지가 6년 만에 완공되어 기
념행사가 열리는 날이었다.

전임 정권에서부터 시작된 이 대규모 공장과 연구단지는 대
지 천만 평에 건물과 연구소만 해도 100개 동에 달했다. 국내
는 물론 세계적으로도 손에 꼽을 정도의 매머드급 규모였다.

장관에 취임한 후 관련 업무를 보고받으며 처음 비룡에 대
한 이야기를 들었을 땐 놀라서 입을 다물지 못했다.

믿기지 않는 규모였기 때문이다.

더 믿을 수 없던 건 비룡의 배경에 마이다스 CKC란 투자회
사가 존재하고 있다는 것이었다.

도대체 이게 무슨 일이란 말인가?

비룡은 단순한 이익을 위해 투자할 수 없는 방산업체였다.

막대한 투자가 선행되어야 하고 이익의 발생까지는 상당한

기간이 필요했다. 그래서 방산업체의 투자는 정부의 강압에 의해 재벌 기업들이 눈물을 머금고 참여하는 경우가 대부분이었다.

더군다나 그를 더욱 경악하게 만든 것은 비룡의 어마어마한 규모였다.

기획실장에게 최종적으로 보고를 받았을 때 비룡의 연구단지에 들어간 돈이 6억 달러를 넘었다는 이야기를 들었다.

6억 달러.

우리나라 돈으로 무려 7,800억에 달하는 거액이다.

너무 놀라 마이다스 CKC의 의도에 대해서 집중적으로 조사해 보라는 지시를 내린 적이 있다.

하지만 실무자들의 분석 자료를 보면서 한숨을 길게 흘릴 수밖에 없었다.

아무리 모든 가능성을 대입시켜 봐도 마이다스 CKC가 연구단지를 만들어 가져갈 수 있는 게 없었기 때문이다.

대한민국의 미사일과 항공기 제작 수준은 미국이나 유럽, 러시아에 비하면 어린아이 수준에 불과했다.

뛰어난 기술력이 있다면 불순한 의도가 있을지 모른다는 의심을 했겠지만, 그것도 없었으니 마이다스 CKC의 투자 의도가 무엇인지 갈피를 잡기가 어려웠다.

"엄 실장, 오늘 마이다스 CKC에서도 온다고 했지?"

"에, 장관님. 그쪽에서 사장이 직접 내한한다고 했습니다."

"32살이라고?"

"그렇습니다. 클로이라는 여잔데 펜실베이니아 경영대학을 졸업한 재원입니다."

"휴우, 겨우 32살밖에 되지 않은 여자가 미국 최대의 투자 회사를 끌고 나간단 말이지. 정말 믿어지지 않는구먼."

"미국에서 들리는 정보에 따르면 실질적인 보스는 따로 있다고 합니다. 그녀는 실무를 담당하고 있는 전문경영인인 것 같습니다."

"비룡 측은?"

"윤석환 사장을 비롯해서 정일환 박사와 수석연구원들이 오늘 자리를 같이합니다. 정 박사는 록히드마틴사에서 수석연구원으로 재직한 항공 분야의 최고 전문가입니다."

"비룡 측의 연구진이 세계적인 수준이라며?"

"예, 장관님. 비룡 측에서는 미국은 물론이고 프랑스와 러시아에서 관련 연구원들을 스카우트했고, 국내 최고를 자랑하는 카이스트 출신 연구진까지 확보한 상태입니다. 연구진만으로 본다면 세계 어떤 기업과 비교해도 꿀리지 않을 겁니다."

"도대체 무슨 꿍꿍일까. 설마 우리나라에서 전쟁이 일어날 것으로 생각하고 있는 건 아니겠지?"

"아닙니다. 어떤 기업이 전쟁터에 연구단지를 세우겠습니까.

한국에 투자된 돈이라면 미국에서도 충분히 가능합니다."

"국방부 쪽에서는 뭐라던가?"

"그쪽도 여러 각도로 분석을 해본 것 같지만 정확한 이유를 알아내지 못한 것 같습니다. 그런데 장관님, 제가 어제 우연히 놀라운 이야기를 들었습니다."

"뭔가?"

"마이다스 CKC의 실질적인 보스가 한국인이라는 정보입니다. 아직 확인되지 않았습니다만 그런 이야기가 돌고 있습니다."

"그게… 정말인가?"

"만약 그게 사실이라면 충분히 이해가 되지 않겠습니까?"

"뭐가 이해가 된단 말인가?"

"마이다스 CKC의 보스가 한국인이라면 조국에 연구단지를 만들고 싶지 않겠느냔 생각을 해봤습니다. 물론 말이 안 되는 생각이란 건 알지만, 이상하게 그런 생각이 머리를 뱅뱅 돌더군요. 조국에 대한 선물. 그가 애국자라면 말이죠."

"자넨 꿈을 꾸는군. 아무리 애국자라 해도 어떤 사람이 7,800억이란 거액을 쏟아붓는단 말인가? 또 앞으로 얼마나 더 많은 돈이 들어갈지 몰라. 미사일과 항공기가 그냥 나오는 건 아니잖아."

"그건 그렇습니다. 성과를 보기 위해서는 아마 오랜 시간이 걸려야 할 겁니다."

"어쨌든 최대한 지원해 줄 수 있는 방안을 계속 강구해야 해. 그들이 어떤 생각으로 우리나라에 들어왔는지 모르지만, 이런 연구단지가 우리나라에 있다는 거 자체만으로도 엄청난 일이야. 국가에서 해야 할 일을 대신해 주고 있으니 얼마나 고마운 일인가? 안 그래?"

"당연한 말씀입니다."

제51장
링의 난폭자II

　비룡을 맡은 윤석환은 미국 하버드 경영학 박사 출신으로
GM과 IBM에서 근무했고 보잉의 부사장까지 역임한 후 2년
전 한국으로 넘어온 경영 전문가였다.

　최강철의 부탁을 받고 서지영이 3년 동안 분석해서 최고 적
임자로 선택된 사람으로, 1년여의 구애 끝에 겨우 스카우트할
수 있었다.

　50대 초의 그는 비룡을 맡은 후 연구 분야를 제외한 나머
지 분야에 대해서 빠르게 정비를 해나갔다.

　장차 발생할 수익모델을 개발했고, 정부와의 긴밀한 관계

유지, 조직의 효율적 운영에 관한 방안 등을 재정비했는데, 세계적인 유수 기업에 근무한 만큼 최첨단 관리 기법을 적용했다.

"클로이 사장님, 기어코 회장님은 오지 못하셨군요."

"원래부터 그분은 참석하지 않을 생각이셨어요. 그분이 움직이면 모든 언론이 이곳을 주목하게 되잖아요. 더군다나 시합이 얼마 남지 않았습니다."

"그건 그렇죠."

윤석환이 빙그레 웃으며 고개를 끄덕였다.

어떻게 보면 당연한 일이다.

최강철은 세계적인 슈퍼스타였으니 그가 연구단지의 개소식에 참석한다면 모든 언론의 시선이 이곳으로 몰린다.

더군다나 시합이 한 달도 채 남지 않았으니 그가 온다는 것은 불가능한 일이었다.

그는 마이다스 CKC의 실질적 보스가 최강철이란 사실을 알았을 때 기절할 정도로 놀랐다.

어느 날 밤.

불쑥 찾아온 그로 인해 얼마나 놀랐던가.

보잉사에서 최고 대우를 받으며 잘나가던 그가 비룡으로 올 결심을 굳힌 것은 결국 최강철 때문이었다.

그들은 지금 산자부 장관과 국방부 장관을 기다리기 위해 행사 장소에 도열해 있는 상태였다.

마이다스 CKC를 대표해서 참석한 클로이는 비룡의 연구시설을 보면서 입을 다물지 못했다.

정말 어마어마해서 한눈에 들어오지 않았다.

끝없이 펼쳐져 있는 건물들과 연구시설, 그리고 활주로.

무려 6억 달러가 투입되었기 때문에 상당한 규모를 가졌을 거라 예상은 했지만, 이건 상상을 초월하고 있었다.

"정말 넓군요. 천만 평이라고요?"

"그렇습니다."

"제가 회장님한테 듣기로는 앞으로도 수익이 발생하기까지 10년은 더 기다려야 한다던데요. 그동안 들어가야 할 연구 비용이 매년 1억 달러 이상이라던데, 사실인가요?"

"그건 정 박사님이 대답해 줄 겁니다."

윤석환이 자신을 바라보는 클로이를 향해 빙그레 웃었다.

자신은 회사의 운영을 전담하고 있지만, 그녀의 질문은 정일환 박사의 대답을 들어야 이해가 될 것이다.

무표정으로 정일환 박사가 입을 연 것은 클로이의 고개가 자신에게 돌아왔을 때다.

"맞는 말씀입니다. 비룡에 투자된 비용을 회수하기까지는 긴 시간이 필요할 겁니다. 앞으로도 많은 비용이 추가적으로 투자되어야 할 것이고요. 하지만 연구단지가 건립되는 동안 우리 연구진은 상당한 연구 성과를 올렸습니다. 이제 연구단지와 공장들이 완성되었으니 우리는 곧 제품을 생산하기 시작할 겁니다. 그리되면 어느 정도 추가 연구 비용은 만회할 수 있을 거란 생각이 드는군요."

"아, 벌써 그 정도로 연구가 진척되었단 말인가요?"

"회장님의 성화가 대단했습니다. 비룡은 이미 오래전에 미사일과 항공 분야에서 국내 최고의 수준을 확보했고, 지금은 그 이상을 추진 중입니다. 보스는 우리가 노는 꼴을 절대 그냥 두고 보지 않거든요."

"호호, 그분이 그렇긴 하죠."

"아, 저기 장관님들이 들어오시는 것 같습니다."

정일환의 대답에 클로이가 미소를 짓는 순간, 멀리서 3대의 세단이 들어오는 게 보였다.

윤석환이 산자부 장관을 초청한 이유는 의도적이었다.

방산업체는 정부와 밀접한 관계를 유지하는 게 무엇보다 중요했고, 산자부 장관과 국방부 장관은 그 역할의 선봉을 맡고 있었다.

*   *   *

최강철은 호텔 창밖으로 떠오르는 태양을 바라보며 생각에

잠겼다.

과연 나는 언제까지 복싱을 할 수 있을까.

복싱은 새로 돌아온 삶에서 유일한 기쁨이었고 삶의 원천이 되어 그를 생생하게 살아 움직이게 만들었다.

하지만 점점 많은 생각이 들기 시작했다.

자신이 생각하고 있는 일들을 하기 위해서는 이제 서서히 복싱에서 물러날 때가 다가오는 것을 느꼈다.

사람들이 제2차세계대전이라 부르는 이 전쟁에서 마지막 승자가 되는 순간이 바로 그때가 되지 않을까.

아쉽지만 사람은 물러날 때를 알아야 한다고 배웠으니 후회되지 않도록 마무리를 하기 위해 마지막까지 최선을 다해야 한다.

그리고 자신의 마지막을 후회 없이 마무리하기 위해서는 먼저 3일 앞으로 다가온 바스케스와의 시합에서 이겨야 한다.

바스케스.

헌즈와 레너드와는 또 다른 유형의 강자이다.

세상에는 수많은 강자가 존재하지만, 바스케스는 특별한 유형의 강자였다.

기세만으로 상대를 압박해서 시합을 승리로 이끈다는 것은 그가 지닌 선천적인 기운이 그만큼 강하다는 뜻이다.

그러나 그 기세는 자신에게 통하지 않을 것이다.

자신에게는 루시퍼에게 받은 강철 같은 심장이 있기 때문이다.

*　　　　　*　　　　　*

대한민국은 최강철의 경기가 다가오자 초긴장 속에서 시간이 흐르기를 기다렸다.

총선에서 최강철이 '대한정의당'의 편에 선 것 때문에 반대쪽에 서며 그를 욕하고 폄하하던 사람들마저 눈이 빠지게 그의 시합을 기다렸다.

정치는 모든 것을 한꺼번에 잡아먹는 괴물이었으나, 그 괴물마저 최강철이 그들에게 주는 흥분과 기쁨을 거부하지 못했다.

이번 경기를 중계하는 MBC는 라스베이거스로 파견된 중계팀과 별도로 최강철에 관한 특집 방송을 계속 내보냈다.

축제를 위한 사전 행사이다.

방송사의 생명은 광고였고, 최강철에 관한 특집 방송은 본게임에 비할 바는 아니었지만 방송사에 큰 이윤을 창출해 주어서 수시로 특집 방송이 마련되었다.

오늘 MBC가 마련한 것은 두 선수의 장단점을 분석해서 경기에 대한 예상을 하는 것이었다.

윤문호 교수는 아들들과 저녁을 먹고 집에서 특집 방송을 지켜보고 있었다.

최강철은 졸업을 했음에도 수시로 전화를 해왔고, 시간이 날 때마다 찾아와 같이 식사를 했다.

오래된 인연.

수많은 제자와 인연이 지속되고 있었으나 최강철만큼 끈끈한 인연을 유지한 사람은 없었다.

그리고 그가 더욱 특별한 것은 슈퍼스타이면서도 자신을 은사가 아니라 아버지처럼 대하는 정성 때문이었다.

"아버지, 전문가들이 또 박빙의 승부가 될 거라고 예상하네요. 바스케스가 정말 대단하긴 대단한가 봐요."

"형, 도박사들도 5 대 5로 점친대."

"정말 가슴이 떨려. 절대 판정으로 가지는 않을 거라는 게 전문가들의 공통된 의견이야."

아들들이 텔레비전을 보면서 마구 떠들었다.

아들을 키워본 사람은 안다.

머리가 크면 아들은 자기 방에 들어가 나오지 않았고, 식사 시간에도 얼굴을 보기가 힘들다.

하지만 언제부턴가 최강철로 인해 대부분의 가정에서 아버지와 아들의 대화가 줄기차게 오고 갔다.

지금의 윤문호 교수 집처럼.

"그래도 우리 강철이가 이길 거다. 너희들도 알다시피 듀란, 헌즈, 레너드전에서 전문가들이 언제 강철이가 유리하다고 한 적 있었니? 그래도 강철이가 이겼다. 강철이는 패배를 모르는 친구야."

"그렇죠. 이길 거예요. 당연히 이길 겁니다."

윤문호 교수의 확신에 가득 찬 대답에 큰아들이 고개를 끄덕였다.

그의 말처럼 최강철은 언제나 유리하지 않다는 전문가들의 평가를 완벽하게 뒤집으며 경기를 승리로 이끌어왔다.

어느새 대학 졸업반이 된 막내아들이 나선 것은 둘째 아들마저 두 사람의 의견에 당연하듯 맞장구를 칠 때였다.

"이번에 바스케스를 이기고 내년에 휘태커와 붙었으면 좋겠어요. 최강철 선수가 휘태커까지 꺾으면 전대미문의 사건이 될 거예요. 그렇지 않아요?"

*   *   *

공식 계체량 행사가 끝나고 기자회견 시간이 다가왔을 때, 최강철은 최대한 편한 복장으로 기자들 앞에 나섰다.

먼저 나와 있던 바스케스는 정장 차림에 하얀 와이셔츠를 받쳐 입었음에도 전혀 단정하게 보이지 않았다.

그가 지니고 있는 난폭성이 정장 차림을 뚫고 무자비하게 쏟아져 나왔기 때문이다.

문을 열고 의자로 다가갈 동안 바스케스는 무시무시한 시선으로 최강철을 노려보았다.

그동안 언론에서는 양 선수의 말을 연일 보도하며 복싱 팬들을 즐겁게 만들었다.

치열한 신경전.

누구도 상대의 말에 그냥 있지 않았고, 기세에서 밀리지 않기 위해 거친 단어들을 내뱉었다.

최강철은 바스케스의 시선을 받으며 성큼성큼 다가가 손가락을 펴 들고 그의 눈을 겨냥했다.

"시선 깔아, 새끼야. 확 눈깔을 뽑아버린다."

도발이다.

그리고 그 도발은 바스케스의 분노를 자극하기에 충분했다.

바스케스가 벌떡 일어나며 내밀어진 손가락을 향해 다가오려 했으나, 이미 최강철은 손가락을 거두고 자리에 앉아버렸다.

"너도 앉아라. 기자들 앞에서 추태 부리지 말고."

벌떡 일어선 바스케스가 최강철의 이어진 말에 거품을 물었다.

"이 개새끼가!"

도발을 먼저 해놓고 언제 그랬냐는 듯 의자에 앉아 빙글거리며 웃고 있자, 그의 머리에서 김이 모락모락 피어올랐다.

그럼에도 이를 악물고 겨우 참으며 의자에 앉았다.

놈의 얼굴에서 자신에 대한 경멸이 담긴 미소를 발견했지만 신음을 흘리며 자리에 앉을 수밖에 없었다.

이미 경호원들이 다가와 놈과의 사이를 철통처럼 가로막았기 때문이다.

기자들의 질문이 시작되었다.

기자들은 여전히 자극적인 질문으로 둘 사이에 존재하고 있는 서로에 대한 증오심을 열심히 부추겼다.

"두고 보시오. 허리케인 저놈의 면상을 알아보지 못하도록 만들어놓겠소."

"시합은 언제 끝낼 겁니까?"

"방금 말한 것처럼 실컷 두들겨 팬 후 저놈의 얼굴이 엉망으로 변했을 때 끝낼 생각이오. 그렇게 만들기까지 그리 오래 걸리지 않을 테니 지켜보시오."

아주 작정한 모양이다.

바스케스는 그동안 언론을 통해 쌓여온 분노를 조금도 숨기지 않았다.

그냥 끝내지 않겠다는 그의 발언은 지금까지 해온 것처럼 잔인하게 승부를 끌고 가겠다는 뜻이다.

그럼에도 최강철은 눈 하나 깜박하지 않았다.

"바스케스가 난폭자라는 건 과장된 겁니다. 약한 선수들에게 잔인한 짓을 해온 건 짐승이나 다름없는 짓이었습니다. 이번 시합에서 저는 그가 동네 강아지에 지나지 않았다는 것을 분명하게 보여 드리겠습니다."

"허리케인은 몇 라운드에 경기가 끝날 것으로 봅니까?"

"저놈이 강아지처럼 온순하게 변할 때 끝낼 생각입니다."

"이 개자식아!"

듣고 있던 바스케스가 자리에서 벌떡 일어나 경호원들을 밀치며 최강철에게 접근했다.

엄청난 완력.

다섯 명의 경호원이 그를 제지했지만, 주춤주춤 뒤로 밀릴 지경이다.

하지만 최강철은 자리에서 일어나지 않은 채 계속해서 말을 이어나갔다.

"여러분도 지금 보시는 것처럼 저놈은 여기가 어떤 자린지도 모르는 미친개에 불과합니다. 나는 저런 자가 히어로에 포함되었다는 것이 안타까울 따름입니다."

고의적이다. 그리고 계속해서 그의 분노를 자극하는 단어가 쏟아져 나왔다.

다른 놈들은 어떻게 대응했는지 모르지만, 나는 너의 본능에서 우러나오는 맹수의 이빨에 전혀 두려움을 느끼지 않는다.

그것을 보여주고 싶었다.

허리케인에게 난폭자의 기세는 한낱 어린애 장난에 불과하다는 것을 말이다.

＊　　　　　＊　　　　　＊

"크크크, 아우우!"

"뭐야, 그건?"

"너무 즐거워서. 난 이런 순간을 볼 때마다 온몸에서 전율이 솟구쳐 올라. 너는 안 그래?"

"기자가 너무 즐기면 좋은 기사를 쓰지 못해. 그만해라. 나도 옮을라."

토머스가 기괴한 웃음을 마구 흘리며 즐거움을 참지 못하자, 잭슨이 빙글빙글 웃는 얼굴로 기자회견장을 나서는 최강철의 뒷모습을 바라보았다.

아무리 생각해도 괴물이다.

지금까지 바스케스와 대결한 놈치고 이렇게 그를 흥분시킨 선수는 없었다.

　천하의 허리케인은 뭐가 달라도 달랐다.

　그것도 단순한 몇 마디로 바스케스와의 심리전에서 완벽하게 이겼으니 전초전은 허리케인의 승리이다.

　"토머스, 난 허리케인한테 걸란다."

　"내기가 안 되겠구면. 나도 허리케인한테 걸 거니까."

　"음, 다른 놈들을 꼬셔봐야겠군."

　"가자."

　"어딜?"

　"허리케인의 마지막 인터뷰를 따야지. 따라와."

　"정말이냐?"

　"그럼 내가 지금 농담하게 생겼어? 시합이 코앞이라서 이번이 마지막 인터뷰가 될 거야. 너한테 기회를 주는 거니까 술이나 사."

　"땡큐. 술이야 코가 삐뚤어질 때까지 사줄 테니 무조건 데려가기나 해."

　잭슨이 기자들을 뚫고 회견장을 빠져나가는 토머스의 뒤를 맹렬하게 따라 움직였다.

　이제 주사위는 던져졌고 남은 것은 두 선수의 전쟁뿐이었다.

　이런 상황에서 마지막 인터뷰를 딸 수만 있다면 데스크의 사랑을 한 몸에 받게 될 것이다.

"토머스, 그런데 이번엔 왜 뉴욕이 아니지?"

"거긴 춥잖아. 최강철의 홈 링이 거기라도 겨울에 굳이 뉴욕에서 시합할 이유는 없는 거 아냐?"

"그렇긴 하지. 인터뷰에서 휘태커와의 시합에 대해 물어봐도 될까?"

"그건 나중에. 지금은 눈앞의 전쟁만 생각하자고."

                    *   *   *

경기 전날이 되자 라스베이거스 전체가 흔들리기 시작했다.

제2차세계대전의 서막인 최강철과 바스케스의 전쟁은 시저팰리스 호텔 특설 링에서 벌어졌는데, 이번엔 특설 링의 규모를 확대해서 3만 석을 확보한 상태였다.

무려 만 석이나 늘렸기 때문에 맨 뒷좌석에서는 링에서 움직이는 선수의 모습이 개미처럼 보일 정도였다.

그럼에도 이번 시합의 입장권은 세 달 전에 완전히 매진되었다.

일반 입장권으로 팔린 건 불과 7천 장이었고, 나머지는 이번 시합을 후원한 세계 유수의 기업들에게 돌아갔다.

라스베이거스로 수많은 인사가 몰려든 것은 그 때문이다.

기업들은 연예계와 스포츠스타, 정치인, 관료와 경제계의 인사들에게 초청장을 뿌렸기 때문에 라스베이거스는 각 분야의 명망 있는 인사들로 인산인해를 이루었다.

마이클 델이 최강철을 찾아온 것은 그가 직접 저녁 식사에 초대했기 때문이다.

시합 전날 누군가를 식사에 초대한 것은 이번이 처음이다.

그럼에도 과거의 관례까지 깨뜨리며 최강철이 마이클 델을 초대한 것은 시합이 끝나면 그를 만날 수 있는 시간이 없을 거란 판단에서이다.

호텔 식당으로 그를 찾아온 마이클 델도 전혀 예상치 못한 초대에 어리둥절한 표정을 숨기지 못했다.

"델, 어서 와. 오는 데 어렵지는 않았어?"

"아니, 전혀. 매번 시합에 초청해 줘서 얼마나 고마운지 몰라. 그런데 시합 전날 갑자기 웬일이야?"

"너한테 할 말이 있어서."

"뭐지?"

"일단 밥부터 먹고 얘기하자. 먼저 말하면 체할지 모르거든."

최강철이 빙그레 웃으며 다가온 종업원에게 음식을 주문

했다.

마이클 델과 식사를 하면서 즐거운 대화를 나누었다.

그와 처음 만났을 때부터 지금까지 거의 10년에 가까운 세월 동안 두 사람이 쌓아온 우정에 관한 것이 대부분이었다.

최강철의 표정이 슬그머니 변한 것은 마이클 델의 포크가 식탁으로 내려왔을 때다.

"델, 자네에게 미안하다는 말을 하려고 불렀어."

"미안하다는 말?"

"난 이제 델 컴퓨터에서 손을 완전히 뗄 생각이야. 어차피 지금까지 어떤 경영권 행사도 하지 않았지만, 이 기회에 자네에게 자유를 줄 생각이네."

"주식을 처분하겠다는 뜻이군."

"맞아. 그래서 다음 주부터 매도에 들어갈 생각이라네."

"이유는?"

"돈이 필요해."

"허리케인, 지금 델 컴퓨터는 최고의 성장률을 거듭하고 있어. 일 년 매출액이 200억 달러가 넘을 정도란 말일세. 이렇게 회사가 잘나가는데 왜 주식을 처분하려는 거지? 난 도대체 이해가 되지 않아."

"나한테는 몇 군데 블랙홀이 있는데 돈이 만만치 않게 들어간다네."

"좋은 일인가? 그렇다면 같이하지?"

"블랙홀이라고 했잖아. 블랙홀은 아주 많은 것을 잃게 만드는 무서운 존재야. 자네가 끼어들 일이 아닐세."

최강철이 고개를 천천히 젓자 이미 굳어져 있던 마이클 델의 표정이 조금 더 일그러졌다.

그 역시 이젠 최고경영자의 포스가 시시때때로 흘러나온다.

굳이 많은 말을 하지 않아도 최강철의 의도가 무엇인지 즉각 알아챌 만큼 뛰어난 능력이 있었기에 그는 더 이상 질문을 하지 않았다.

바랄 나위 없이 좋은 상황이었음에도 기분이 좋지 않았다.

델 컴퓨터를 운영하는 CEO의 측면에서 봤을 때, 거대 지분을 가지고 있는 최강철은 분명 껄끄러운 존재였다.

그가 지금까지 경영에 간섭을 하지 않았음에도 지배 구조의 일각이 그에게 달려 있다는 것은 언제나 가슴 한편을 서늘하게 만들었다.

최강철이 주식을 매도한다면 그런 상황이 해결된다.

그럼에도 기분이 좋지 않은 것은 최강철과의 인연이 너무나 아쉬웠기 때문이다.

"나에게 해줄 말이 있나?"

"앞으로 델 컴퓨터에는 커다란 위기가 서서히 다가올 거야. 급변하는 시장 상황이 델 컴퓨터에 심각한 위험 요소로 작용하게 될 걸세."

"으, 역시 그 때문이었나?"

이미 알고 있었다는 듯 델의 표정이 슬쩍 어두워졌다.

거대 기업의 CEO는 아무나 하는 게 아니다. 이미 자신의 연구소에서는 시장 상황을 분석하며 빠르게 타개 방안을 찾아가는 중이었다.

그럼에도 그의 안색이 어두워진 건 최강철이 또다시 보여준 놀라운 식견과 판단력 때문이었다.

그러나 최강철은 그의 얼굴을 보면서 빙그레 웃었다.

"다시 말하지만 나는 돈이 필요했을 뿐이야. 마이클, 내가 봤을 때 자네라면 충분히 그 위험을 제거하며 회사를 성장시킬 수 있을 걸세. 나는 자네가 작은 것을 버리고 큰 것을 봤으면 좋겠어. 컴퓨터 생산에 안주하는 순간 델의 생명은 빠르게 단축될 테니 새로운 눈으로 사업 영역을 확대해 나가야 해. 내 말 무슨 뜻인지 알지?"

"알고 있어. 우리도 그것 때문에 고민하고 있던 중이니까. 그 충고, 반드시 기억하지."

"역시 마이클이야."

"허리케인, 델 컴퓨터는 자네가 있었기에 여기까지 올 수 있었네. 막상 자네가 델에서 떠난다고 하니 너무나 서운하군. 하지만 나는 자네를 믿는다네. 자네가 하는 일은 어느 것 하나 허술한 것이 없었지. 다만 한 가지 약속을 해주게."

"뭔가?"

"나와의 인연을 잊지 말아줘."

"갈까?"

"가자."

이성일이 들어와 고갯짓을 하자 최강철이 탁자에 앉아 있다가 천천히 일어섰다.

준비는 모두 끝났다.

오늘.

전 세계 복싱 팬들이 오랫동안 기다리며 가슴 설레던 제2차 세계대전의 서막이 오른다.

최강철 일행이 호텔 방에서 빠져나와 로비로 내려오자 로비에 있던 사람들이 일제히 박수를 치기 시작했다.

영웅의 출전이다. 그리고 그들 대부분은 허리케인의 승리를 바랐기에 환호를 아끼지 않았다.

사람들의 환호는 호텔 밖에서도, 경기장에 도착했을 때도 마찬가지였다.

그가 가는 곳은 숨 막힐 정도의 긴장과 흥분으로 가득 찼고, 보는 사람들의 정신을 전운 속으로 몰아갔다.

＊   ＊   ＊

이종엽과 윤근모는 자료를 책상에 올려놓은 채 중계방송의 시작을 기다리며 시간을 보내고 있었다.

어마어마한 인파.

특설 링의 규모를 늘렸기에 사방이 온통 관중으로 들어차 있었다.

이것 또한 최강철이 만들어낸 또 다른 현상이다.

아무리 빅 이벤트라 해도 명망 있는 인사들은 메인 오픈게임이 벌어지기 전까지는 입장하지 않는데, 그 관례를 최강철이 깨뜨렸다.

이미 시저 팰리스 호텔은 관중으로 가득 들어차 빈자리가 보이지 않을 정도였다.

그 모습이 전쟁터에 나온 전사들처럼 느껴졌다.

양쪽으로 나뉘어 함성을 지르는 관중들의 모습이 적장을 때려잡기 위해 일기토를 나서는 장군들을 응원하는 병사들의 모습과 흡사했다.

"정말 대단한 인파군요."

"그러게 말일세. 내 평생 이런 인파는 처음 보는구먼."

"만 석이나 늘렸다더니 굉장합니다. 끝이 안 보여요."

이종엽이 끝없이 펼쳐져 있는 관중들의 모습을 보며 혀를 내둘렀다.

수많은 복싱 중계 경험이 있었으나 이런 광경은 처음이다.

"여기도 여기지만 지금 한국은 난리도 아니라고 하더군. 광화문에 사람이 20만이나 몰렸다잖아. 엄청난 건 그쪽이 더하다고. 어제 뉴스에 전국적으로 합동 응원하는 숫자가 200만은 될 거라고 하던데, 오늘 모인 숫자가 그것보다 훨씬 더 많은 모양이야."

"우리나라 사람들이 그런 쪽으로는 부족했는데, 최강철로 인해 국가의 기운마저 변한 것 같습니다."

"영웅이니까. 최강철이 챔피언에 등극하고 나서 5년 동안 대한민국은 많이 변했어. 사람들의 얼굴에서 자신감이 배어나오고 도전에 대한 두려움이 없어졌지. 정치와 재벌들만 변한다면 우리나라는 정말 잘살게 될 거야. 국민들이 변했으니 그들도 변해야 할 텐데 왜 아직 그 모양인지 모르겠어."

"저도 그게 걱정입니다. 그래서 이 경기가 더욱 중요합니다. 최강철이 더 버텨줘야 해요. 우리나라 국민들의 자신감이 완벽하게 정착될 때까지 최강철이 견뎌줘야 합니다."

"그렇지. 나도 그렇게 생각해."

"전 이런 경기가 벌어질 때마다 가슴이 조마조마해서 미칠 지경이에요. 조금 편한 상대와 싸우면서 안전하게 가도 될 텐데, 최강철은 언제나 편한 길을 가지 않잖아요."

"그게 최강철의 마력 아닌가. 편한 길을 걸어왔다면 그가 대한민국의 영웅이 되었겠어? 최강철의 도전 의식과 불굴의 투지, 그것이 전 세계 복싱 팬들에게 존경심을 심어준 거야."

윤근모가 비어 있는 링을 바라보며 먼 눈길을 던졌다.

그렇다.

프로스트의 시처럼 누구도 가지 않은 길을 헤쳐 나가는 최강철의 도전 정신이 있었기에 사람들은 그를 향해 환호를 보냈다.

얼마나 힘든 길이었단 말인가.

그럼에도 최강철은 불굴의 투지로 그 험한 길을 당당히 헤치며 이 자리까지 걸어왔다.

"이번에도 이겨줬으면 좋겠습니다."

"그러길 바라야지."

"바스케스 그놈의 난폭성이 걱정됩니다. 새로운 유형이잖아요."

"최강철도 이제 31번이나 싸웠어. 그동안 비슷한 유형의 선수들과 싸운 경험도 있지. 하지만 자네 말대로 바스케스 이놈은 레벨이 다른 놈이야. 그래서 걱정이 되긴 해."

"그래도 언론에선 최강철이 바스케스를 전초전에서 박살 냈다고 평가했잖아요?"

"그냥 하는 말에 불과해. 입씨름 정도 가지고 언론에서 떠든 이야기일 뿐이야. 진짜는 링에 올랐을 때지. 최강철이 바스케스의 난폭한 접근전에 어떻게 대처하는지가 중요해. 다른 선수처럼 기세에서 밀린다면 고전을 면치 못할 거야."

"휴우, 살 떨리네요."

"지켜보자고. 그동안 잘해왔으니 이번에도 대비책을 준비하지 않았겠어?"

*　　　　*　　　　*

이원 중계방송.

위성생중계를 맡고 있는 MBC는 물론이고 KBS까지 아침부터 전국의 반응을 살피면서 정신없이 움직였다.

대한민국 전체가 살아서 꿈틀거렸다.

12월의 추위도 대한민국 국민의 열기를 막아내지 못했다.

광화문에 20만의 인파가 몰렸고, 잠실 야구장과 주요 광장에 몰린 서울 인구만 30만이 넘었다.

그들이 들고 있는 건 붉은색 불사조가 새겨진 푸른색 깃발과 손수건이었고, 젊은이들의 이마에는 두건이 둘러져 있었다.

"환장하겠군. 점점 늘어나는 것 같지 않냐?"

"그러게요. 뒤쪽에서 계속 들어옵니다."

한정유의 질문에 카메라 기사 정문기가 대답했다.

MBC 취재기자인 한정유는 이곳에 취재 팀을 이끌고 아침부터 자리를 잡았는데, 추운 날씨로 인해 얼굴이 붉어져 있었다.

대단하다.

이전에도 광화문에 사람들이 몰린 적은 있었으나 이번 규모는 사상 최대의 인파였다.

"오늘 기온 어때? 카메라 괜찮아?"

"이제 영상으로 올라갔습니다. 옷을 든든히 입혀놔서 괜찮아요."

"15분 있다가 다시 송출해야 되니까 준비해. 원 기자, 사람들 수배해 놨지?"

"예, 3명 준비해 놨습니다."

후배 기자인 원창호가 자신 있게 대답하자 한정유의 시선이 자신들과 반대쪽에서 취재하고 있는 KBS 쪽을 바라보았다.

그들도 고생이다.

아침부터 일찍 나와서 영상과 인터뷰를 계속 본부로 송출하고 있었는데, 아직도 시합은 1시간이나 남았기 때문에 조금 더 고생을 해야 한다.

동병상련.

얼어 있는 입에서 허연 김을 쏟아내며 떠들고 있는 여자 기자의 모습이 불쌍하게 여겨졌다.

내 모습도 저 여자에게 그렇게 비칠까?

그런 생각을 하면서 한정유의 시선이 그녀에게서 떨어져 천천히 움직였다.

이곳에는 국내 방송사만 나와 있는 게 아니었다.

대한민국의 응원 문화가 알려지며 전 세계의 수많은 특파원이 취재하기 위해 광화문에 집결한 상태였다.

몰려든 인파도 장관이었지만 응원단을 취재하기 위해 새까맣게 빌딩 옥상에 매달려 있는 기자들의 모습도 쉽게 볼 수 있는 장면은 아니었다.

*   *   *

호텔에서 경기장까지는 10분밖에 걸리지 않았다.

정철호가 이끄는 경호 팀이 앞뒤에서 호위했지만, 그들의 뒤를 따르는 차량을 막지는 못했다.

최강철이 탄 차를 따라 이십여 대의 방송 차량이 움직였다.

그들은 상단부가 오픈된 차량에서 최강철의 차량을 촬영하고 있었는데, 생중계로 전 세계에 화면이 송출되고 있었다.

기자들의 집요한 취재를 보면서 최강철은 불야성을 이루고 있는 라스베이거스의 불빛을 말없이 바라보았다.

로마시대의 검투사는 목숨을 건 결투를 하기 위해 경기장으로 나서기 전 하늘에 있는 절대자에게 목숨을 구걸하는 대신 동료들의 손을 굳게 잡으며 서로의 안녕을 기원했다고 한다.

허망한 누군가에 대한 기대보다 자신과 자신의 안위를 걱정하는 동료들을 걱정하고 위로하는 것이 더 낫다고 생각한 모양이다.

인간은 약하다.

자신의 힘으로 뚫을 수 없는 장벽에 가로막혔을 때 인간은 한없이 나약한 존재로 변하게 된다.

그러나 단 한 가지 예외가 있었으니 바로 죽음을 각오했을 때다.

인간의 공통점은 살기 위해 몸부림을 칠 때 점점 더 추악해지고 나약해지지만, 죽음을 각오하는 순간 경이적인 힘을 발휘하는 것이다.

최강철이 복싱을 하면서 수많은 적을 꺾어온 것은 바로 이힘이 원천이다.

복싱을 하는 순간만큼은 모든 것을 던졌다.

지금까지 상대에 대한 두려움을 가지지 않은 것은 링에 서는 순간 자신이 가지고 있는 모든 것을 잊어버렸기 때문이다.

"성일아, 아직 애 소식 없냐?"

"있다."

"있어?"

"그래, 세 달 넘었단다."

"인마, 그런데 왜 말을 안 했어?"

"시합 끝나고 말할 생각이었어. 지금은 네 시합이 우선이다."

"지랄한다. 링에 올라가는 놈한테 실업자 타령한 놈이 누군데 지금 와서 엉뚱한 소리야? 아들이래?"

"안 가르쳐 준단다. 아무래도 딸인 모양이야."

"딸이 좋아. 아들놈은 키우는 재미가 없어."

"아직 애도 없는 놈이 별소릴 다 하네. 넌 이 자식아, 그럴 때마다 재수 없어."

"크크, 정말이다. 너만 봐도 알 수 있잖아. 아들놈들은 날 때부터 부모 속 썩이는 재주를 가지고 세상에 나와."

"아이구, 지랄. 경기장 보인다, 이 자식아. 엉뚱한 소리 하지 말고 이제 긴장 좀 해. 우리 준비한 거 꼭 지켜야 해. 네 맘대로 하지 말란 말이야."

"난 언제나 에프엠이야. 아주 착한 모범생이라고. 언제 내가 복싱하면서 내 마음대로 한 적 있어?"

"누가 들으면 진짠 줄 알겠네."

"걱정하지 마. 이번에도 멋지게 해치울 테니."

이성일이 농담을 끊어버리며 큰소리를 치자, 최강철은 빙그레 웃으며 눈앞으로 다가온 경기장을 바라보았다.

벌써 함성이 들리는 것 같았다.

군중의 함성 소리는 전사의 피를 끓게 만드는 마력을 지니고 있다.

적의 심장을 칼로 뚫어내길 바라는 함성은 전사의 영혼을 뒤흔들어 불굴의 투지와 잔인한 본성을 이끌어낸다.

쥐어진 주먹을 감싼 밴드의 압박감이 묵직하게 느껴졌다.

이 감촉이 좋다.

상대에게도 이 감촉이 있겠지만 자신은 이 묵직한 감촉을 너무나 사랑한다.

복도를 걸어 나갈수록 관중들의 함성이 점점 더 크게 들려왔다.

아직 경기장에 들어서기까지는 꽤 많은 거리가 남아 있었지만, 관중들은 그의 출전을 간절하게 기다리며 고함을 질러대고 있었다.

슬쩍 돌아보자 뒤를 따르는 수많은 사람의 얼굴이 보인다.

자신을 경호하기 위해 밀착마크 하고 있는 정철호의 경호팀은 물론이고 방송 카메라와 기자들까지 거의 30여 명이 넘었다.

드디어 문이 열리고 환한 불빛이 눈을 자극하며 다가왔다.

그리고 터지는 폭탄 같은 함성.

간절하게 기다리고 있던 관중들은 그가 모습을 드러내자 자리에서 벌떡 일어나 굉음을 내지르기 시작했다.

그런 그들을 향해 손을 들어주며 거침없이 링으로 걸어 나갔다.

오늘 이 순간.

당신들은 진정한 남자의 기세가 무엇인지 두 눈으로 똑똑히 지켜볼 수 있을 것이다.

*　　　　*　　　　*

"저 새끼, 눈깔 봐라. 쟨 왜 눈깔이 칙칙하지?"

이성일이 이쪽을 노려보는 바스케스의 시선을 바라보다가 슬그머니 눈을 돌렸다.

눈이 마주치는 순간 오금이 저렸기 때문이다.

독사의 눈빛을 보는 것 같다.

시선에 담겨 있는 살기와 적을 제압하는 기세는 단연코 지금까지 상대해 온 자 중에 압도적이다.

충분히 열받은 모습이었다.

기자회견장에서의 분노가 아직 풀리지 않은 모양이다.

놈은 자신을 향해 계속해서 시선을 던지며 분노를 숨기지 않았는데, 처음부터 기세를 제압하기 위한 수작으로 보였다.

그런 놈을 향해서 최강철은 미소를 지어주었다.

분노한 놈에게 최적의 대응은 가소롭다는 미소가 가장 좋은 효과를 발휘한다.

지겹도록 지루한 행사들이 지나가면서 드디어 레프리가 양 선수를 링의 중앙으로 불러 모았다.

최강철은 얼굴에서 미소를 지운 채 뚜벅뚜벅 바스케스를 향해 다가갔다.

자신을 노려보는 놈의 시선을 향해 입술 끝을 끌어 올리며 마주 푸른 광선을 뿜어냈다.

네 눈깔에서 나오는 살기로 나를 어쩌지는 못해.

그러니까 바스케스, 그 눈깔 치워라. 찢어버리기 전에.

뜨거운 숨결을 뿜어내며 머리를 앞으로 내민 바스케스의 대가리를 최강철이 글러브로 슬쩍 가로막았다.

그런 후 레프리를 바라보았다.

"심판, 이 자식 대가리 자꾸 내미는 거 안 보입니까? 안 말리면 내가 이 자식 대가리를 꺾어버릴 거요!"

최강철이 으르렁대자 놀란 레프리가 주의 사항을 설명하다가 급히 두 선수를 떼어놓았다.

득의의 웃음이 그의 얼굴에 떠올랐다.

코너로 돌아가는 바스케스의 얼굴에 분노보다 황당함이 훨씬 더 컸기 때문이다.

"강철아, 느낌 어때?"

"괜찮습니다."

"처음이 중요하다. 알지?"

"그럼요. 걱정하지 마세요. 내가 먼저 한 방 날렸습니다."

"언제?"

"저 자식이 자꾸 대가리를 들이밀어서 레프리한테 대가리를 뽑아놓겠다고 했습니다. 그랬더니 저 자식, 황당한 모양이더군요."

"이 자식아, 그건 나도 황당하다."

"관장님이 그랬잖아요. 처음부터 기를 펴지 못하게 죽여 버리라고."

"그래, 잘했다. 내가 무슨 말을 하겠니. 너같이 미친놈한테."

"빨랑 끝내고 관장님 집으로 갑시다. 오늘은 기어코 형수님이 잘하는 김치찌개를 얻어먹어야겠어요."

"아, 거참 밀지 맙시다!"

류광일이 더 이상 참지 못하고 옆의 사내들한테 소리를 질렀다.

추위 때문인지 소주를 병나발 불고 있던 사내들이 비틀거리며 자꾸 자신 쪽으로 덤벼들었기 때문이다.

인파에 휩쓸렸으니 그들의 잘못만은 아니었지만, 자꾸 같은 현상이 반복되자 짜증이 몰려왔다.

지금 광화문에 몰린 인파가 20만이 넘는다고 했다.

말이 20만이지 눈으로 그 끝을 확인하지 못할 지경이다.

고개를 높이 빼 들고 사방을 둘러봐도 온통 보이는 건 사람뿐이었다.

김영호와 류광일은 식전 행사에 이어 링 아나운서가 나서며 양 선수의 전적을 소개하자 침을 꿀꺽 삼켰다.

대단한 전적이다.

바스케스의 전적 안에는 웬만한 강자가 전부 포함되어 있었는데, 최근 벌어진 10번의 방어전에서 9번이나 KO승을 거뒀다.

하지만 최강철의 전적에 비할 수는 없었다.

자막을 통해 흘러나오는 최강철의 전적에는 복싱 팬이라면 전부 인정하는 불세출의 선수들이 모두 들어 있었기 때문이다.

"역시 강철이의 전적은 언제 봐도 무시무시해. 저런 선수들을 전부 KO로 꺾었으니 영웅 중의 영웅이다."

"당연하지. 챔피언 출신이 무려 7명이나 들어 있어. 마크 브릴랜드, 프레드 아두, 거기다 허니건에 판타스틱4에 들어 있던 전설들까지 총망라되어 있으니 정말 어마어마하지."

"김 과장, 저 새끼 눈빛이 정말 개떡 같지 않냐? 뭔 놈의 눈빛이 저렇게 살벌한 거야?"

"살모사를 닮았다. 쥐를 잡아먹을 때 그 살모사의 눈빛."

링에서 최강철을 노려보는 바스케스의 시선은 두 사람의 말처럼 금방이라도 살인을 저지를 것처럼 번들거리고 있었다.

섬뜩하다. 그리고 그 눈빛을 볼 때마다 자신도 모르게 오금이 저려왔다.

텔레비전 화면을 보는데도 저런 정도이니 막상 같은 링에 있는 최강철은 오죽할까.

하지만 모든 행사가 끝나고 레프리가 중앙으로 양 선수를 불러 모았을 때, 바스케스를 바라보는 최강철의 시선을 확인하곤 안도의 한숨을 흘려냈다.

최강철의 눈에서 바스케스의 살기를 압도하는 섬광이 줄기줄기 쏟아져 나오고 있었기 때문이다.

역시 최강철이다.

저런 눈을 했을 때 최강철의 파괴력은 한층 더 강했다.

"류 과장, 오늘 경기, 강철이가 이기겠다."

"왜?"

"저 눈빛 봐라. 오히려 강철이가 바스케스를 압도하잖아."

"난 또 뭐라고. 강철이 배짱이야 정평이 나 있잖아. 오히려 저놈이 쫄릴 거다."

"강철이가 심판한테 뭐라고 그러는데?"

김영호의 말을 들은 류광일이 링의 중앙에 선 최강철의 행동에 눈을 크게 부릅떴다.

급하게 양 선수를 코너로 돌려보내는 레프리의 시선에서 당황스러움이 묻어 나오고 있었다.

아무리 봐도 최강철이 도발하는 모습이다.

최강철은 도발하는 것처럼 대가리를 들이민 바스케스의 머리를 쓰레기 치우듯 글러브로 가로막았다.

20만에 달하는 응원단이 그 모습을 보면서 함성을 질렀다.

그들도 지금 이 순간 바스케스를 눈빛으로 압도하는 최강철의 모습을 보면서 기가 살아난 게 틀림없었다.

레프리의 지시로 양 선수가 코너로 돌아가자 광장을 가득 메운 함성이 순식간에 줄어들었다.

폭발 직전이다.

이제 양 선수가 다시 링의 중앙으로 나오는 순간 역사적인 제2차세계대전이 시작된다.

*   *   *

때앵.

공이 울리는 순간 마우스피스를 씹으며 이를 맞춘 최강철이 성큼성큼 링의 중앙을 향해 걸어 나갔다.

이미 주의 사항 때부터 신경전을 벌였기 때문인지 레프리가 양 선수의 접근로 중앙을 가로막았다가 한 발 뒤로 물러서는 게 보인다.

최강철은 바스케스의 강렬한 시선을 확인한 후 가드를 올려 기습에 대비했다.

놈의 눈빛에 담긴 적의로 봤을 때 주먹을 내밀어 인사할 생각이 전혀 없어 보였기 때문이다.

예상이 맞았다.

레프리의 손이 단두대의 칼처럼 단호하게 떨어지자 바스케스의 강력한 라이트 훅이 머리를 향해 날아왔다.

위잉!

최강철은 자신의 머리 위로 지나가는 펀치를 느끼며 오히려 앞으로 접근해서 연사되어 나오는 레프트 보디 공격을 스토핑으로 틀어막고 곧장 어깨로 바스케스의 몸통을 밀었다.

'으윽.'

철벽이다.

얼마나 강한지 자신의 어깨가 오히려 튕겨 나오는 느낌이다.

이제야 알겠다.

수많은 선수가 접근전을 포기하고 외곽으로 돌 수밖에 없던 이유를.

하지만 최강철은 놈의 전진을 어깨로 차단한 후 근접 거리에서 폭발적인 콤비네이션을 터뜨렸다.

상하를 가리지 않는 번개 같은 펀치다.

이성일이 바스케스전을 맞이해서 그에게 주문한 전략의 핵심은 절대 밀리지 말라는 것이었다.

그 이유는 두 가지였다.

바스케스의 해일 같은 압박에서 벗어나기 위해서는 오히려 인파이팅이 효과적이라는 것과 아웃복서에게 사신으로 군림한 바스케스가 강력한 인파이팅에 약할 것이라는 분석으로 인해서였다.

근거는 충분했다.

이성일은 바스케스의 데뷔 초 여러 경기 영상을 분석한 후 그런 결론을 내렸다.

물론 바스케스가 이겼으나, 상대의 수준이 형편없었음에도 인파이팅을 펼친 선수들에게 꽤 많은 펀치를 허용하는 것을 볼 수 있었다.

특히 북미 랭킹 6위이던 해리슨에게는 다운까지 당했을 만큼 고전을 한 것이다.

최강철의 주먹이 복부에 이어 안면을 강타한 후 빠져나왔다.

워낙 순식간에 펼쳐진 공격이었기 때문에 미처 방어조차 하지 못하고 바스케스의 안면이 흔들거렸다.

최강철은 뒤로 물러나는 바스케스를 곧바로 따라 들어갔다.

당황한 모습.

그럼에도 그의 주먹에서 해머 같은 위력을 가진 펀치가 줄기줄기 뻗어 나왔다.

본능적인 공격이다.

바스케스는 안면을 공략당하자 자신도 모르게 한 발 뒤로 물러났다가 최강철의 전신을 향해 무차별적으로 펀치를 쏟아냈다.

하지만 최강철은 뒤로 물러서지 않고 같이 펀치를 갈겼다.

위잉, 위잉, 위잉.

양 선수가 갈기는 펀치들이 독사의 혓바닥처럼 상대의 급소를 향해 움직였다.

하지만 손해를 보는 건 바스케스였다.

한 번 부딪칠 때마다 최강철의 펀치는 반드시 바스케스의 안면을 훑고 나왔다.

비록 충격을 주는 정타는 아니었으나 조금씩 빗나갔을 뿐 바스케스의 안면이 연신 흔들거렸다.

반면에 최강철의 신형은 바람처럼 움직이며 그의 펀치를 흘렸다.

위빙과 더킹, 슬리핑, 스웨잉, 스텝 디펜스까지.

바스케스의 펀치에 맞서 최강철은 가지고 있는 방어 기술을 전부 동원했다.

스토핑과 블로킹, 패링은 사용하지 않았다.

아직 푸르게 벼려진 장검처럼 날카롭게 움직이는 바스케스의 펀치를 완력으로 막을 생각이 없었기 때문이다.

그렇다고 해서 경기에 밀리는 건 아니다.

최강철은 야금야금 바스케스의 압박을 뚫어내며 계속 전진해 들어갔다.

절대 물러서지 않는다.

링의 중앙에서 부딪친 후 미세한 거리의 우위를 확보하며 최강철이 밀어붙이자 바스케스의 눈이 흔들거리는 게 보였다.

지금까지 수많은 적과 상대하면서 자신의 무시무시한 압박을 감당하고 뒤로 밀려나지 않은 놈은 한 명도 없었다.

그런데 최강철은 다르다.

여우처럼 자신의 펀치를 피해내며 접근전을 펼쳐오고 있는 것이다.

한 대, 두 대, 세 대…….

충격을 받은 건 아니었으나 1라운드에서 벌써 십여 차례나 펀치를 허용하고 말았다.

밀기 위해 노력했지만, 이놈은 아예 작정한 듯 전진을 거듭해 왔기에 자신의 공격 패턴이 흔들렸다.

어이가 없다.

트레이너진에서 허리케인의 특성상 자신을 상대로 인파이팅을 할지 모른다며 하도 닦달하기에 준비는 했지만, 진짜 이런 접근전을 펼쳐올 줄은 생각조차 하지 않았다.

"와아! 와아!"

또다시 예상이 틀렸다.

바스케스의 강력한 압박을 흔들어놓기 위해 대부분의 전문가는 최강철이 아웃복싱을 준비했을 거라 예상했지만, 1라운드부터 전혀 다른 경기가 펼쳐지자 관중들은 미처 날뛰기 시작했다.

허리케인의 필살기.

바로 상대에게 공포를 자아내는 폭풍 같은 인파이팅이 펼쳐졌기 때문이다.

당신들은 아는가.

세계 최강을 자랑하는 두 선수가 링의 중앙에 맞붙어 무차별적으로 펀치를 주고받을 때 느껴지는 소름 끼치는 긴장감을.

상대를 향해 쏘아지는 펀치 속에 담긴 살기.

적을 쓰러뜨리기 위해 독사가 먹이의 목 줄기를 물어뜯는 것처럼 치명적인 펀치들이 상대를 향해 우박처럼 쏟아져 나갔다.

수많은 펀치가 난사되었음에도 상대방에게 치명적인 상처를 주지 못하는 것이 더욱 커다란 긴장감을 선사했다.

때리면 때리는 대로 맞는 게 아니다.

세계 최고의 기량을 가진 선수들의 방어력은 작정하고 피할 생각만 한다면 한 대도 맞지 않을 수 있다.

그러나 지금은 일방적인 공격과 방어가 아니었기에 관중들은 두 선수에게서 눈을 뗄 수 없었다.

숨이 콱콱 막혔다.

마치 정교한 기계가 엇물려 돌아가는 것처럼 공격과 반격이 쉴 새 없이 이어졌다.

그럼에도 수시로 최강철의 펀치가 바스케스의 안면을 흔들어놓자 관중들은 일어서서 광란 속으로 빠져들었다.

허리케인이다. 공포의 허리케인.

불가능을 모르는 파괴자는 오늘도 그들의 심장을 저격하며 이성을 마비시키고 있었다.

"바스케스, 정신 차려! 도대체 뭘 하고 있는 거야!"

"미꾸라지 같은 놈이라고! 공격이 잘 안 먹혀!"

"이 자식아, 그러기에 내가 뭐라고 했어! 저놈이 어떻게 나올지 모른다고 했잖아!"

"소리 좀 그만 질러! 가뜩이나 열받아 죽겠구먼!"

"1라운드는 완전히 졌다. 준비한 것도 제대로 소화하지 못하고 성질대로 싸우는 놈이 어디 있어? 넌 이 자식아, 그게 문제야."

"하아, 귀신에 홀린 것 같아. 그냥 저 새끼가 앞으로 치고 들어오니까 너무 화가 나서 아무 생각도 안 났어."

"좋아, 그럴 수도 있지. 하지만 지금부터 정신 똑바로 차려. 우리가 준비한 걸 쓰란 말이야."

"걱정하지 마. 1라운드에는 내가 조금 당황해서 그랬지만 이제부터는 확실하게 죽여주지."

"놈의 콤비네이션이 시작되는 순간이다. 그걸 잊으면 안 돼."

친형이자 트레이너인 카라우의 지시에 바스케스의 눈이 이글이글 타올랐다.

분노가 머리끝까지 치밀었지만, 형의 말을 듣자 들끓던 흥분이 차분하게 가라앉기 시작했다.

1라운드부터 미친놈처럼 덤벼드는 허리케인의 인파이팅에 말려들어 여러 번 안면을 허용했으나 충격을 받은 건 아니었다.

저놈도 이런 시나리오를 구성했겠으나 그건 자신도 마찬가지였다.

상대가 어떤 작전을 수립했는지 이제 확인했으니 지금부터가 진짜 시합이 될 것이다.

"강철아, 선제공격 조심해!"

최강철은 뒤에서 소리치는 윤성호의 음성을 들으며 링의 중앙으로 나갔다.

전면에서는 황소처럼 바스케스의 모습이 다가오고 있었다.

최강철은 그런 바스케스의 눈을 확인하면서 슬그머니 입술 끝을 끌어당겼다.

눈이 다르다.

1라운드에서 분노와 당황함으로 물들어 있던 그의 시선은 어느새 링의 난폭자가 되어 이글이글 타오르고 있었다.

기세부터 다르다.

본모습을 되찾은 바스케스의 전신은 온통 난폭함으로 무장된 채 자신을 향해 물밀듯 밀려왔다.

위잉, 위잉.

링의 중앙에서 맞붙자 지체 없이 토네이도 양 훅이 머리를 노리고 날아왔다.

본능적인 더킹으로 놈의 펀치를 피한 후 강력한 원투 스트레이트를 꺼내 들었다.

그때 가슴으로 파고들던 자신의 어깨를 바스케스의 팔꿈치가 가로막으며 번개처럼 어퍼컷이 올라왔다.

막을 새가 없었다.

접근하는 중이었고 어깨가 밀착되었을 경우 전혀 나올 수 없는 각도였기에 예상조차 하지 못한 펀치였다.

덜컥!

펀치에 턱이 걸리며 정신이 아득해졌다.

'하아, 성질만 지랄인 줄 알았더니 나에 대해서 철저하게 준비한 모양이구나.'

잠깐 다리가 풀렸으나 최강철은 이를 악물고 버티며 가로막은 바스케스의 팔꿈치를 비틀어 젖혀낸 후 몸통을 끌어안았다.

불의의 습격을 당했으니 잠시 정신을 차릴 시간이 필요했다.

뭔가 준비한 것이 있을 것이라 예상했음에도 당한 것은 1라운드를 보내면서 자신도 모르게 가진 자신감이 원인이었다.

방심.

세상 사는 게 다 이렇다.

모든 것이 다 내 뜻대로 된다는 착각은 방심하게 만들고, 그 방심은 결국 내 자신을 죽음 속으로 몰아넣는다.

*   *   *

바스케스는 펀치가 적중되자 달라붙은 최강철을 그냥 두지 않았다.

왜 그의 별명이 링의 난폭자인지 확인이라도 시켜주겠다는
듯 거칠게 최강철의 상체를 뿌리쳤다.

하지만 그 짧은 순간이면 충분했다.

그 짧은 순간 다리의 힘이 돌아오는 걸 느끼며 최강철은 뒤
로 물러나 전열을 가다듬었다.

"강철아, 이 새끼야! 돌아! 돌라고!"

미친 사람처럼 떠드는 윤성호의 목소리가 들려왔으나 최
강철은 이를 악물고 바스케스의 몸통을 향해 다시 뛰어들었
다.

미친 황소가 따로 없었다.

자신을 향해 접근해 온 바스케스의 주먹에서 바람을 가르
는 묵직함이 전 방위를 차단한 채 날아오고 있었다.

위잉, 위잉, 웡, 웡!

마치 끝장이라도 내려는 듯 작정하고 던지는 펀치다.

그럼에도 최강철은 물러서지 않은 채 그의 펀치를 흘려내
며 기회를 노렸다.

일방적인 펀치의 세례였으나 모든 것을 동원해서 막았다.

이번에는 스토핑과 암 블로킹, 패링까지 썼는데 위기를 넘
기기 위함이다.

지금 윤성호의 주문대로 사이드를 돌다가는 결국 뒤로 물
러나게 될 것이고, 놈의 작전에 따라주는 결과가 될 것이다.

인체는 신비로워서 정신을 차린 것 같아도 또다시 펀치를 허용하면 충격이 중첩되어 더 큰 대미지를 입는다.

그랬기에 모든 방어력을 동원해서 바스케스의 공격을 막는데 주력했다.

분노보다는 얼음처럼 차가운 이성이 우선이다.

복수는 나중에.

지금은 오직 위기를 넘기는 것이 무엇보다 중요했다.

하아, 얼마의 시간이 지났을까.

경기 초반에 당했으니 꽤 오랜 시간이 지난 것 같다.

충격을 받아 무뎌진 몸의 감각이 완벽하게 제자리로 돌아오며 칼날 같은 본능이 움찔거리기 시작했다.

그랬기에 최강철은 창처럼 날아온 바스케스의 스트레이트를 머리 위로 흘리며 이를 악물었다.

이제부터는 복수의 시간이다.

폭풍 같은 바스케스의 연타 세례가 끝나는 순간 웅크린 최강철의 몸이 비상하며 앞으로 튕겨 나갔다.

모든 방어 기술을 총동원했으나 얼마나 맞았는지 셀 수조차 없다.

어떤 방어도 해일 같은 공격을 전부 막을 수 없는 것이다.

그것이 정타로 맞느냐, 빗겨 맞느냐의 차이가 있을 뿐.

정타로 맞으면 정신이 나가지만, 빗겨 맞으면 피부가 엉망으로 변한다.

눈이 붓고 찢어지는 것은 정타로 맞아서 그런 게 아니라 빗겨 맞으며 발생하는 현상이다.

아프다, 이 새끼야.

눈이 부어올라 시야가 조금 흐려졌으나 앞으로 튕겨 나간 최강철의 몸에서 발칸포가 작동되기 시작했다.

맞은 만큼 돌려준다.

네가 어떤 놈이라도 상관없어. 나는 맞고는 못 사는 놈이다.

"다시 접근하는 최강철 선수! 악! 바스케스의 어퍼컷! 휘청거립니다. 큰 주먹에 맞았습니다. 최강철 선수, 클린치를 합니다. 바스케스, 강한 힘으로 최강철 선수를 떼어내고 있습니다."

"방심했습니다. 너무 큰 주먹에 맞았어요. 위깁니다."

"최강철 선수, 위깁니다! 바스케스, 엄청난 화력을 쏟아붓고 있습니다! 큰일입니다! 최강철 선수, 도망가야 합니다! 피해야 합니다! 아, 또 맞았습니다! 그러나 최강철 선수, 뒤로 물러나지 않습니다!"

"일단 피해야 해요. 최강철 선수, 고집을 피우면 안 됩니다."

"바스케스의 소나기 같은 공격! 기회를 잡았다고 생각하는 것 같습니다! 이걸 어쩌면 좋습니까! 계속되는 바스케스의 공격! 라이스 훅, 어퍼컷, 스트레이트! 쉴 새 없는 공격입니다! 최강철 선수, 아직 대미지에서 회복되지 않은 것 같습니다!"

"그래도 잘 피하고 있습니다. 정타는 허용하지 않고 있어요. 대미지에서는 회복된 모습입니다."

"일단은 피해야죠! 소나기는 피해야 합니다!"

"아, 이걸 어쩌면 좋습니까! 최강철 선수, 반격하지 못하고 있습니다! 또다시 얻어맞는 최강철! 이번에는 라이트 훅이었습니다! 다시 공격하는 바스케스! 정말 무차별적인 공격입니다!"

"최강철 선수가 왜 빠른 발을 활용하지 않는 건지 모르겠습니다. 답답합니다."

"바스케스, 웃고 있습니다! 마치 경기가 끝난 것처럼 바스케스가 잔인한 미소를 짓기 시작합니다! 저 선수는 저것이 특징이죠. 경기가 우세해지면 저런 웃음을 짓습니다. 그런 후 상대를 철저하게 박살 내는 것으로 유명하죠."

"그래서 링의 난폭자라고 불립니다. 정말 성격이 잔인한 선수예요."

"최강철 선수, 여전히 버티고 있습니다! 하지만 펀치를 계속

허용하고 있습니다! 제발 부탁입니다! 최강철 선수, 이 위기를
벗어나 주기를 간절히 부탁합니다!"

이종엽은 자리에서 일어난 채 미친 사람처럼 떠들어댔다.

그는 온몸을 흔들고 있었는데, 얼굴은 시뻘겋게 변해 있고
목소리는 비명처럼 흘러나왔다.

그것은 윤근모도 마찬가지였다.

최강철의 경기를 여러 번 중계했지만 이런 위기의 순간은
처음이었다.

시간은 계속 흘렀고, 위기는 아직 끝나지 않았다.

바스케스는 피 흘리는 먹이를 잡아먹기 위해 침 흘리는 야
수로 변해 있었다.

"계속되는 바스케스의 공격! 원투 스트레이트, 라이트 복
부! 안면으로 올라옵니다! 좌우 어퍼컷! 강력한 공격입니다!
그러나 잘 피하는 최강철 선수! 아, 이때 최강철 선수, 공격을
시작합니다! 강력한 원투 스트레이트! 이게 웬일입니까! 방어
에 치중하고 있던 최강철 선수 반격에 나섭니다! 폭풍 같은 콤
비네이션! 최강철 선수의 전매특허인 펀치가 번개처럼 터집니
다! 맞불을 놓고 있는 바스케스! 치고받습니다! 양 선수, 이번
라운드에서 끝장을 보려는 듯 펀치를 교환합니다! 엄청난 경
기가 벌어지고 있습니다! 최강철 선수, 대미지에서 완전히 회
복된 모습입니다! 다행입니다! 정말 다행입니다! 최강철 선수,

밀어붙입니다! 조금씩 바스케스가 밀립니다! 우리의 최강철 선수, 허리케인다운 모습을 되찾았습니다! 그렇죠! 최강철 선수가 그냥 이대로 물러설 리가 없죠! 안 그렇습니까?"

"라이트 훅이 들어갔어요! 날카로운 공격에 바스케스의 안면이 흔들렸습니다! 최강철 선수, 이제 살아난 것 같습니다!"

*　　　　　*　　　　　*

바스케스의 어퍼컷에 의해 최강철이 그로기에 몰리며 공격을 당하는 순간 광화문은 비명에 사로잡혔다.

광적으로 응원하던 20만의 관중이 순식간에 침묵에 잠겨버렸고, 여자들의 흐느낌만이 가득 찼다.

"재수 없게 왜 울고 지랄들이야!"

최강철이 계속 공격당하는 장면을 보면서 류광일이 소리를 빽 질렀다.

아직 경기는 끝나지 않았다. 최강철은 너희들이 든 그 푸른 깃발의 불사조처럼 절대 쓰러지지 않는 놈이야.

그러니 울지 말고 열심히 응원이나 해!

그렇게 생각하면서 이를 악물었다.

강철아, 너를 믿는다.

바스케스가 아무리 대단해도 네가 이긴다는 걸 나는 믿어.

그러니 제발 그만 맞아라.

이 새끼야, 네가 맞는 걸 보니까 내가 죽을 것 같단 말이야!

초조하고 살 떨리는 시간.

최강철이 일방적으로 공격당하는 동안 온몸의 세포가 송곳에 찔리는 것처럼 아팠다.

그 고통 속에서 그의 머릿속을 채운 건 오직 하나.

기적처럼 최강철이 이 위기에서 벗어나 주기를 바라는 것뿐이었다.

벌써 2라운드는 2분 30초를 넘어가고 있었다.

라운드 초반에 당했으니 2분이 넘도록 일방적인 공격을 당하는 중이다.

간절하게 염원했으나 시간이 지나면서 점점 온몸의 힘이 빠져나가고 있었다.

누구보다 최강철을 사랑했고 그의 경기를 수십 번 돌려 볼 정도의 광팬이었기에 이 순간이 더 무서웠다.

최강철은 웬만한 충격에는 이렇게 무기력한 경기를 할 놈이 아니었다.

자신도 모르게 눈물이 배어 나오고 있었다.

억울했다.

왜 억울했는지 모르겠지만 최강철이 맞는 걸 보면서 너무 억울해 금방이라도 죽을 것만 같았다.

그때 잔뜩 웅크리고 있던 최강철의 몸이 하늘을 날아오르는 것처럼 보였다.

그리고 시작되는 반격.

아이고!

최강철의 몸에서 번개가 터지는 것 같았다.

비참함에 젖어 있던 20만의 관중이 미친 듯이 소리를 질러댔지만, 김영호와 류광일은 최강철이 반격에 나서는 순간 다리의 힘이 풀려 털썩 주저앉고 말았다.

                    *   *   *

"이 자식아, 돌라고 했잖아! 왜 말을 안 들어?"

"인마, 네가 절대 밀리지 말라고 그랬잖아."

"이 멍청한 놈아, 내가 밀리지 말라고 그랬지 언제 돌지 말라고 그랬어?"

"그게 그 말이다."

얼굴에 물을 뿌리며 이성일이 소리를 지르자 최강철이 딴청을 부렸다.

잽싸게 수건을 든 윤성호는 얼굴을 닦은 후 부지런히 바셀린을 발랐는데, 펀치에 스친 최강철의 몸 여기저기에 상처가 생겼기 때문이다.

"강철아, 두 번째 작전으로 넘어가자. 다시 걸리면 좋지 않아. 어쩔래?"

"싫습니다. 그냥 이걸로 가죠."

"저 새끼, 우리 접근전을 기다린 거야. 아무래도 그건 안 되겠다."

"알고 있어요."

"또 당하면?"

"아무래도 성일이 작전이 반만 맞는 것 같습니다. 관장님 말대로 위험해요. 놈이 작정하고 기다리는 걸 그대로 쓸 수는 없죠. 그래도 두 번째 작전은 싫습니다."

"어쩌려고?"

"제 스타일로 싸우겠습니다. 아무래도 저 새끼한테는 그게 제일 좋을 것 같아요."

윤성호의 질문에 최강철이 작정한 듯 대답했다.

그러자 이성일의 입에서 침이 흘러나왔다.

"야, 압박에 당할 수도 있어. 한번 밀리기 시작하면 수렁에 빠져든단 말이다."

"절대 그런 일은 없을 거니까 걱정하지 마."

"이 자식이 또 말을 안 듣네. 너, 사람 자꾸 미치게 만들 거야?"

"인마, 권투가 어디 작전대로 되는 거 봤어? 이제부터는 내

스타일대로 할 테니까 넌 지켜만 봐."

"네 맘대로 해, 이 자식아!"

때앵.

의자에서 일어난 최강철의 시선이 싸늘하게 굳었다.

복싱 경기에서 일방적인 시합이 벌어지기 위해서는 수많은 전제 조건이 있어야 한다.

기량에서 월등한 차이가 있다거나, 강한 주먹으로 상대를 그로기에 몰아넣거나, 상대가 전의를 상실하는 등의 전제 조건 말이다.

복싱 경기는 그런 것이다.

일방적인 시합으로 끌고 가기 위한 노력이 먹혀들었을 때 결국 KO란 결과가 나타난다.

최강철은 링의 중앙으로 나간 후 달려드는 바스케스의 전진을 사이드로 피하며 지금까지 쓰지 않은 레프트 잽을 던졌다.

쉬익, 쉬익!

독사의 헛바닥처럼 넘실거리며 날아간 레프트 잽이 바스케스의 안면을 흔들어놓고 뒤로 빠졌다.

연속되는 레프트 잽.

본능.

바스케스의 펀치가 나오기 직전에 터진 정교하고도 날카로운 레프트 잽의 위력은 적의 공격을 차단하는 데 특효다.

적을 중앙에 가두고 계속해서 오른쪽으로 돌며 잽을 던지던 최강철의 몸에서 폭발적으로 라이트 스트레이트가 날아갔다.

계속되는 레프트 잽을 맞던 바스케스가 강력한 양 훅을 터뜨렸을 때다.

훅은 스트레이트보다 느리다.

강력함으로 따진다면 훅의 위력이 더 뛰어나겠지만, 스피드만 놓고 본다면 최단 거리를 확보한 스트레이트가 훨씬 빠르기 때문이다.

콰앙!

훅을 뚫고 들어간 최강철의 오른쪽 스트레이트가 바스케스의 안면에 작렬했다.

불시에 터진 공격이었기에 그만큼 충격도 클 것이다.

라이트 스트레이트가 터진 순간 바스케스의 신형이 풀썩 그 자리에 주저앉았다.

아마 번개에 얻어맞은 기분이겠지.

기습에 당한 바스케스가 엉덩방아를 찧고 캔버스에 나뒹굴다가 일어서는 게 보인다.

머리를 흔들고 일어서는 놈의 표정에서 분노가 줄기줄기 새어 나오고 있다.

기습에 당했다는 생각에 화가 머리끝까지 치밀어 오른 모양이다.

충격은 그리 크지 않아 보였다.

양 훅이 나오는 순간을 이용하기 위해 펀치의 스피드에 우선을 두었기 때문에 완전한 타이밍을 맞추지 못했다.

카운트8에 일어난 바스케스가 레프리의 시합 재개 신호를 받자마자 미친놈처럼 덤벼들었다.

여전히 강력했고, 여전히 난폭한 공격이었다.

그러나 최강철은 전문가들이 세계 최고 수준이라 말하는 레프트 잽을 꺼내 들어 놈의 공격을 제지했다.

그가 장착한 방어 기술은 바스케스가 쉽게 뚫을 수 있는 것들이 아니었다.

2라운드에서 대미지를 받았음에도 대부분의 펀치는 전부 피했을 만큼 최강철의 방어 기술은 완벽에 가까웠다.

무차별적인 공격을 바늘 끝처럼 미세한 차이로 피해내며 최강철은 연속해서 잽을 바스케스의 얼굴에 터뜨렸다.

무서운 건 잽이 아니다.

잽은 선제공격이었고 날카로운 레프트 잽이 안면에 적중되는 순간 여지없이 날아가는 라이트 스트레이트와 양 훅의 콤비네이션이었다.

최강철은 비슷한 패턴을 유지한 채 바스케스의 전신을 난타하며 링을 빙빙 돌았다.

이성일이 제시한 두 번째 전략인 아웃복싱과 첫 번째 전략인 강력한 접근전의 중간 형태.

뒤로 물러서지 않은 채 끝없이 외곽을 돌며 바스케스를 링의 중앙에 가둬놓는 전략이었다.

파앙, 팡, 팡, 바바팡!

우리에 가둬놓은 맹수를 창으로 때려잡는 것처럼 최강철의 펀치가 바스케스의 전신에 무차별적으로 날아갔다.

이것으로 끝나지 않는다는 건 안다.

이것은 사전작업에 불과하다.

너의 생명을 잘근잘근 잘라내어 숨이 콱콱 막히도록 만들어줄 테니 어디 막을 수 있으면 막아봐!

*   *   *

광란에 젖어버린 시저 팰리스 호텔 특설 링.

제2차세계대전의 서막을 보기 위해 몰려든 3만여 명의 관중들은 최강철과 바스케스의 시합이 시작된 후 지금까지 한 번도 자리에 앉지 못했다.

누가 소문난 잔치에 먹을 것이 없다고 말했는가.

복싱 팬들이 최강철의 시합에 열광하며 극도의 흥분과 전율에 젖는 건 그가 보여주는 투혼과 경기 스타일이 혼을 빼놓을 정도로 치열하기 때문이었다.

오늘도 마찬가지.

처음부터 난타전에 돌입한 최강철은 특유의 몰아치기로 바스케스를 압박하며 관중들을 흥분의 도가니로 몰아넣었다.

하지만 그것도 잠시.

바스케스의 강력한 어퍼컷에 적중되며 관중들을 경악 속에 빠뜨리더니 라운드 내내 고전을 면치 못했다.

영웅의 몰락은 이처럼 한순간에 거짓말처럼 찾아오는 것일까.

경기장을 가득 채운 최강철의 팬들이 자리에서 일어나 몸을 벌벌 떨어댔다.

국적은 아무런 상관이 없다.

최강철의 복싱을 사랑했으므로 간절하게 승리를 기원하던 팬들은 링의 난폭자에게 무차별적으로 공격당하는 장면을 보면서 안타까움을 숨기지 못하고 비명을 질렀다.

관중들이 광란에 빠져든 것은 2라운드가 끝나고 난 후부터였다.

기적처럼 그로기에서 빠져나온 최강철이 폭풍처럼 바스케스를 밀어붙이기 시작한 것이다.

관중들이 그를 사랑하는 건 바로 이런 것 때문이다.

불의의 일격에 적중되어 그로기에 빠졌어도 절대 물러서지 않으며 버티는 불굴의 정신.

그리고 기적처럼 되살아나 상대를 압박하는 끈기와 집념.

3라운드를 지켜본 관중들의 입에서 경기장이 떠나갈 것처럼 엄청난 함성이 터져 나왔다.

3라운드부터 시작된 최강철의 아트 복싱이 바스케스의 난폭함을 무너뜨리며 화려하게 되살아난 것이다.

이것이 그들을 미치게 만드는 이유였다.

*   *   *

힘들었던 2라운드가 끝나고 3라운드에 들어와 최강철이 무섭게 몰아붙이자, 이종엽은 경기 내내 아예 두 손을 번쩍 들고 마음껏 소리를 질러댔다.

눈치나 캐스터로서의 시청자들에 대한 예의 같은 건 아예 머릿속에 존재하지 않았다.

오직 그의 머릿속에 들어 있는 건 하나뿐.

바로 최강철이 바스케스를 쓰러뜨리고 승리해 주길 바라는 염원이었다.

"최강철 선수, 라이트 스트레이트. 바스케스, 정신을 차리지 못합니다. 계속 도는 최강철, 마치 바람처럼 움직입니다. 그토록 강하다는 바스케스의 압박이 전혀 먹히지 않습니다. 또다시 터지는 레프트 잽. 날카롭습니다. 눈에 보이지 않을 정도로 빠른 잽. 바스케스의 라이트 단발. 그러나 최강철 선수, 여유 있게 피하고 콤비네이션 펀치를 터뜨립니다. 라이트 스트레이트! 바스케스 맞았습니다! 아, 아깝습니다! 말씀드리는 순간 3라운드가 끝났습니다!"

"종이 살렸습니다. 아주 좋은 펀치가 들어갔는데 아깝네요. 시간이 조금만 더 있었으면 좋았을 걸 그랬습니다. 최강철 선수, 정말 훌륭합니다."

"대단합니다. 3라운드 내내 최강철 선수가 바스케스를 링 중앙에 가둬놓고 펀치를 퍼부었습니다. 윤 위원님, 최강철 선수가 완벽하게 되살아났는데요. 원인이 뭐라고 생각하십니까?"

"작전을 바꾼 게 주효한 것 같습니다. 적정 거리를 유지한 채 바스케스를 링의 중앙에 가뒀습니다. 최강철 선수가 스피드를 최대한 살리면서 압박을 해소하는 작전이에요. 코너 쪽에서 아주 훌륭한 작전을 지시한 것 같습니다."

"그렇군요. 그럼 잠깐 광고 보고 돌아오겠습니다."

미친 듯이 말을 끊으라는 사인을 보내는 PD를 보면서 이종엽이 아쉽다는 듯 마이크를 내렸다.

방송국에 종사하는 사람이지만, 이런 순간이 되면 언제나 PD를 한 대 쥐어박고 싶어진다.

생각해 보라.

이런 경기를 지켜보는 국민들의 입장에서 본다면 얼마나 열받을 행동이란 말인가.

그럼에도 이종엽은 PD의 지시에 두말없이 마이크를 내려놓고 물병을 들어 목구멍에 처박았다.

얼마나 소리를 질러댔는지 목이 새카맣게 타들어가는 것 같았다.

그건 윤근모도 마찬가지였는지 주저앉는 모습이 진이 다 빠진 것 같았다.

"위원님, 강철이가 살아났어요. 3라운드처럼만 해주면 이길 수 있겠죠?"

"그러면 얼마나 좋겠나. 바스케스 저놈, 맷집이 워낙 좋아서 말이야. 좋은 펀치가 많이 들어갔는데도 끄떡 안 하잖아."

"강철이 주먹을 저렇게 많이 맞았는데도 괜찮은 걸 보면 괴물은 괴물입니다."

"괜히 10차 방어전까지 성공했겠어. 자세히 보면 정타를 안 맞아. 아주 미세하게 펀치를 흘린단 말이야. 터프한 것 같으면서도 정교해. 그리고 아직 주먹이 생생하게 살아 있단 말이지. 3라운드에서 강철이가 일방적으로 공격했지만, 그 와중에도 섬뜩한 순간이 여러 번 있었어."

"이거 살 떨려서 수명이 10년은 단축될 거 같아요. 강철이 경기만 중계하면 가슴이 벌렁거린단 말입니다. 이러다가 심장병 걸리는 거 아닌지 모르겠어요."

"나도 그래."

윤근모가 한숨을 길게 흘리며 수긍한다는 듯 고개를 끄덕이자, 이종엽의 얼굴에서 자조 섞인 웃음이 흘러나왔다.

국민들은 텔레비전을 보기 때문에 현장에서 벌어지는 생생한 혈투의 분위기를 느끼지 못할 것이다.

양 선수가 내뿜는 거친 숨소리, 그리고 관중들이 터뜨리는 고막을 찢어버릴 것 같은 함성.

그 소리를 듣다 보면 어느새 캐스터라는 본분을 잊어버리고 자신 또한 한 명의 열렬한 최강철의 추종자가 되어 광란 속으로 빠져든다.

*   *   *

4라운드.

최강철의 시선은 여전히 차갑게 가라앉아 있었다.

3라운드 내내 링의 중앙에 가두고 수많은 펀치를 터뜨렸지만 바스케스는 완강하게 버티며 결정적인 펀치는 허용하지 않왔다.

역시 공포의 챔피언으로 군림할 자격이 충분했다.

그럼에도 최강철은 링의 중앙으로 거침없이 나가며 레프트 잽을 꺼내 들었다.

좋아, 바스케스.

네가 얼마나 버티는지 두고 보겠다.

너의 방어력과 맷집은 존경할 정도로 뛰어나지만, 너 역시 나의 공격력에 대해 경의를 보내게 될 것이다.

쉬익, 쉬익!

화살처럼 잽을 던진 최강철은 바스케스의 왼쪽 훅이 연달아 날아오는 걸 보며 스텝의 패턴을 바꿨다.

바스케스가 최강철이 돌아 나가는 오른쪽 스텝을 잡기 위해 레프트 더블 훅을 계속 던지며 진로를 방해했기 때문이다.

강력한 왼쪽 훅과 복부 공격.

부웅, 부웅!

오른손은 방어에 치중하며 레프트만 쓰는데도 칼바람 소리가 귓가를 연신 스쳐 지나갔다.

코너에서 주문했는지 바스케스는 오른손을 거의 사용하지 않은 채 레프트 공격을 특화해 압박을 걸어왔다.

최강철은 두 번의 펀치를 허용한 후 곧바로 백스텝을 밟고, 다시 전진했다.

3라운드에서는 절대 물러서지 않으며 사이드스텝과 방어 기술로 들어오는 공격을 해소했으나, 이번에는 백스텝을 가미시켰다.

왼손 공격에는 백스텝만큼 효율적인 방어 수단이 없다.

슬쩍 백스텝으로 물러난 신형이 불쑥 다가오며 공격으로 전환되자 바스케스의 얼굴이 일그러진다.

놈은 자신이 지금까지 해온 것처럼 백스텝을 밟지 않을 것으로 생각했던 모양이다.

바스케스, 넌 내가 그리 만만하게 보였어?

난 말이야, 이길 수 있다면 무슨 짓이라도 하는 놈이야.

그리고 너 못지않게 잔인한 심장도 가졌다.

뒤로 물러난 예리한 레프트 잽이 얼굴을 훑고 나오는 순간, 최강철은 속사포처럼 원투 스트레이트를 직격시켰다.

바스케스의 머리가 슬쩍 옆으로 비틀어지는 게 보인다.

놈은 결정적인 순간 저런 패턴으로 자신의 펀치에 대한 충격을 완화하고 있었다.

가소로운 놈.

이 자식아, 복서는 특성이 노출되는 순간 죽는 거야.

타깃의 조정.

최강철은 목표점을 바스케스의 머리가 돌아가는 지점으로 조금씩 변화시켰다.

펀치가 최대한의 강도를 발현하기 위해서는 정확한 지점에 임팩트가 가해져야 한다.

누군가는 스쳐도 사망이라는 말을 하지만 그것은 잘못된 말이다.

아무리 강한 주먹이라도 스치는 것만으론 적을 쓰러뜨리지 못한다.

화면에서 스쳐 맞은 것 같은데도 선수가 쓰러지는 건 대부분 대뇌와 소뇌를 연결하는 후두부를 맞았을 때 나타나는 현상이다.

그곳이 바로 인체에서 가장 취약한 부분이기 때문이다.

그렇기에 세계적인 선수들의 글러브는 고개를 숙여 피하는 순간에도 후두부를 보호하는 것이다.

최강철은 임팩트 지점을 조정한 후 미사일 같은 펀치를 갈기기 시작했다.

주먹에서 느껴지는 감촉이 조금씩 뻐근하게 느껴졌다.

그만큼 들어가는 펀치의 강도가 올라가고 있다는 증거이다.

바스케스의 얼굴이 점점 일그러지고 있는 것도 그 이유이다.

바스케스는 번개처럼 움직이며 갈기는 최강철의 펀치를 맞을 때마다 표정이 점점 일그러졌는데 고통이 발생했기 때문일 것이다.

최강철은 바람처럼 돌았다.

얼마나 빠르게 돌았는지 바스케스의 공격이 나왔을 때 거의 45도 이상 비켜나 있을 정도였다.

단박에 끝내지 않는다.

내가 말했잖아.

맞은 것 이상으로 돌려준다고.

파바방, 팡, 팡!

강력한 연타.

피하기도 어렵고 반격도 쉽지 않다.

아마 바스케스의 입장에서는 죽을 맛일 것이다.

이런 유형의 적을 만나본 적이 없다.

그동안 수많은 시합을 하면서 그가 상대한 자들은 완벽한 아웃복싱을 하거나 불나방처럼 인파이팅을 하는 놈들뿐이었다.

그럼에도 그는 쉴 새 없이 주먹을 뻗으며 최강철을 잡기 위해 노력했다.

이런 패턴으로 시합이 진행되면 점점 수렁 속으로 빠져든다는 것을 본능적으로 느꼈기 때문이다.

더군다나 갈수록 놈의 펀치가 무서워지기 시작했다.

펀치가 안면을 가격할 때마다 머리를 송곳으로 찌르는 것처럼 날카로운 고통이 전신을 떨리게 만들고 있었다.

최강철이 본격적으로 칼을 빼 든 것은 무리하게 공격해 온 바스케스의 안면에 라이트 어퍼컷을 적중시킨 후부터였다.

휘청.

펀치가 적중된 순간 바스케스의 신형이 휘청거리며 다리가 허공으로 붕 뜨는 게 느껴졌다.

3라운드에 이어 4라운드까지 쉴 새 없이 팼으나 용케 버티던 바스케스의 맷집에 균열이 갔다는 뜻이다.

한번 금이 간 항아리는 물이 새는 것을 막지 못한다.

그때부터 조심스럽게 경기를 운영하던 최강철의 막강한 콤비네이션이 터지기 시작했다.

바스케스, 너는 네가 사랑한 공포의 압박 전술에 의해 죽게 될 것이다.

콰앙, 콰과광!

도는 것을 멈췄다.

그리고 자신이 가지고 있는 모든 화력을 바스케스의 전신에 집중시켰다.

그의 회피 동작은 이미 눈에 익을 대로 익은 상태였기 때문에 바스케스는 우리에 갇힌 야수처럼 꿈틀거리며 몸부림쳤다.

견디던 바스케스의 신형이 뒤로 물러서며 휘청거렸다.

완벽한 가딩을 한 채 간헐적으로 펀치를 휘두르고 있었으나, 여러 차례 강력한 펀치에 가격당한 후부터 급격히 페이스가 흔들리고 있었다.

거리를 확보한 채 비틀거리는 바스케스를 따라 움직이며 일직선으로 전진했다.

놈을 자신의 코너로 몰아넣기까지 걸린 시간은 불과 10초도 걸리지 않았다.

빠바바방, 쾅, 쾅, 쾅!

코너에 몰린 야수.

그를 향해 쏟아지는 허리케인의 강력한 콤비네이션 펀치들.

이 펀치로 얼마나 많은 상대가 쓰러졌던가.

숨을 헐떡이며 가딩을 올린 채 사력을 다해 막던 바스케스가 마지막 저항을 위해 펀치를 뻗는 순간.

그 틈을 뚫고 빠져나간 최강철의 라이트 스트레이트부터 양 훅, 그리고 어퍼컷이 순식간에 바스케스의 안면에 작렬했다.

바스케스의 눈이 돌아간 것은 라이트 훅이 적중되었을 때부터였고, 레프트 훅과 어퍼컷이 들어갔을 때는 이미 정신을 반쯤 잃어버렸다.

술에 만취한 사람처럼 비틀거리던 바스케스의 몸이 앞으로 꼬꾸라지는 걸 보며 최강철은 뒤로 물러났다.

쓰러지는 놈을 때릴 만큼 이성을 잃은 상태는 아니었다.

레프리가 카운트를 세는 동안 바스케스가 캔버스를 짚고 겨우겨우 몸을 일으켰으나, 경기는 이미 끝난 것과 다름없었다.

글러브를 얼굴로 끌어 올려 다시 싸우겠다는 투지를 보였지만, 바스케스의 얼굴은 이미 엉망으로 변해 있었다.

고민하던 레프리가 최강철을 흘끔 쳐다보곤 다시 경기를 속개하라는 신호를 보냈다.

워낙 중요한 경기이다 보니 베테랑인 그로서도 쉽게 중단하기가 어려웠던 모양이다.

관중들은 레프리의 신호로 인해 경기가 재개되자 발작적인 함성을 내질렀다.

인간은 잔인하다.

그 옛날 검투사가 상대를 쓰러뜨린 후 검을 치켜들었을 때 죽이라고 함성을 지른 것처럼, 관중들은 비틀거리는 바스케스의 처참한 최후를 바라는 것 같았다.

비참한 모습의 바스케스.

그러나 최강철은 조금의 동정조차 보이지 않고 곧바로 사형을 집행했다.

강자에게 어설픈 동정은 죽음과도 같은 고통을 주는 것이다.

거침없이 다가간 최강철은 힘들게 롱 훅을 던진 바스케스의 펀치를 피하며 그대로 라이트 스트레이트를 그의 안면에 직격했다.

콰앙!

이것으로 끝이다.

잘 가라, 바스케스.

허리케인의 끝없는 질주.

또다시 펼쳐진 허리케인의 신화에 관중들과 대한민국의 국민들은 환호를 아끼지 않으며 열광했다.

그 누가 막을 수 있단 말인가.

제2차세계대전의 서막에서 링의 난폭자를 완벽하게 때려잡은 최강철. 그의 경이적인 전투력을 직접 눈으로 확인한 관중들은 끝없이 최강철의 이름을 연호하며 승리를 축하했다.

경기가 끝난 후의 인터뷰에서도 최강철은 예상대로 관중들의 기대에 부응했기에 그 열기는 좀처럼 가라앉지 못했다.

"저는 사랑하는 복싱 팬들이 간절히 원하는 것처럼 영웅이라 불리는 웰터급 챔피언 휘태커, 슈퍼라이트급 챔피언 챠베스 선수와 싸울 생각입니다. 이 자리에서 두 선수에게 제안하겠습니다. 누구라도 좋습니다. 당신들의 다음 도전자로 나를 선택하십시오. 이번 바스케스전을 치르면서 오랜 시간 기다렸습니다. 하지만 나는 당신들이 빠른 시간 내에 결정하지 않는다면 이번처럼 기다리지 않을 생각입니다. 나는 이미 세계 최강의 자리에 오른 사람이기 때문입니다. 내가 당신들과 싸우고자 하는 것은 당신들에게 세계 최강의 선수와 시합할 수 있는 영광을 주기 위함임을 잊지 마십시오."

제52장
지옥 I

　대한민국은 최강철의 승리로 또 한 번 흥분의 도가니 속에 빠져들었다.

　자랑스러운 영웅.

　웰터급에 이어 슈퍼웰터급까지 통째로 해치운 최강철은 대한민국이 낳은 슈퍼스타이자 국민들의 사랑을 한 몸에 받는 영웅이다.

　그가 시합을 마치고 한국으로 돌아왔을 때 엄청난 숫자의 국민들이 거리로 몰려나왔고, 열렬하게 환영해 주었다.

　불굴의 투지로 대역전승을 이끌어낸 최강철의 투혼은 국민들에게 거대한 감동과 홍분을 선사했다. 그래서 사람들은 그의 귀환을 맞이하며 아낌없는 사랑을 보내주었다.

시합 마지막에 인터뷰를 하면서 보낸 메시지를 들으며 대한민국 국민들은 당연하다는 반응을 보였다.

최강철은 이미 세계 최강이자 누구도 넘볼 수 없는 복싱사의 전설이 되어 있었다.

이전처럼 누군가를 사냥하기 위해 안달을 부릴 이유가 없었다.

도전을 해도 휘태커나 챠베스가 해야 한다.

그들이 비록 자신의 체급에서 무적 행진을 하며 거침없는 행보를 거듭한다지만, 최강철과 비교한다는 건 어불성설이다.

하지만 시합이 끝나고 한참이 지나도 그들과의 대전은 쉽게 추진되지 않았다.

휘태커와 챠베스는 최강철의 말을 들은 후 기자들과의 인터뷰에서 언제든지 싸우겠다는 의지를 밝혔다.

하지만 빅 이벤트를 치르기 위해서는 이미 잡혀 있는 방어전과 선행되어야 하는 조건 등 많은 난관이 존재한다.

최강철은 돈 킹에게 모든 것을 맡겨놓고 여유 있게 방어전을 치르며 기다렸다.

6월에 벌어진 방어전 상대는 랭킹 8위의 존 헥터였는데, 2라운드에 KO승을 거두며 4차 방어전에 성공했다.

34전 34KO승.

최강철의 무적 행진은 여전히 끝을 모른 채 질주하는 중이었다.

*　　　　*　　　　*

운명의 그해 1997년 8월.

통곡의 시간이 도착하기 3개월 전.

최강철과 신규성, 김도환은 오랜만에 강남에 있는 한식집 '월송'에 모였다.

최강철은 존 헥터와의 방어전을 끝낸 후 미국에서 머물며 델 컴퓨터의 매각을 지휘했기 때문에 3일 전에 한국으로 돌아왔다.

보유 주식을 전부 처분해서 현금으로 확보한 금액은 무려 115억 달러에 달했다.

상전벽해다.

막상 115억 달러란 현금이 확보되자 마이다스 CKC의 주요 간부들은 입을 떡 벌린 채 아무 말도 하지 못했다.

그들은 너무나 잘 알고 있었다.

누구도 쳐다보지 않던 델 컴퓨터에 투자해서 신화를 써 내려간 최강철의 엄청난 투자 과정을.

서지영을 비롯한 주요 간부들은 115억이란 거금에 대해 부문별로 투자계획서를 작성한 채 기다리고 있었으나, 최강철은 그들의 계획을 받아들이지 않았다.

태국부터 시작된 동남아시아의 외환위기는 미국 경제에도 타격을 주어 주식 시장을 흔들 것이다. 그래서 잠시 기다릴 필요가 있었기 때문이다.

한국으로 돌아와 두 사람을 부른 것은 그동안의 진행 과정을 듣기 위함이었다.

세 사람은 식사를 하며 소주잔을 기울였는데, 벌써 탁자 위에는 빈 병이 3개나 있었고 나머지 한 병도 반이나 빈 상태였다.

"김 사장님, 알아보셨습니까?"

"예, 회장님. 놈들이 아주 재밌는 짓을 벌이고 있습니다."

"뭐죠?"

"삼성에는 총수에게 한 명의 아들과 세 명의 딸이 있습니다. 총수는 그들에게 3년 전 자신의 재산을 증여했는데 세금을 제외하고 약 100억 정도 되었습니다. 총수의 분배는 언제나 아들이 3, 딸들이 각각 1이랍니다."

"아들이 기업을 장악해야 하니 더 많이 주고 싶겠죠. 하지만 증여한 돈이 너무 적지 않나요?"

"재밌는 것은 총수의 전략입니다. 아들에게 돌아간 돈 60억은 이미 800억으로 변해 있었습니다."

"그게 무슨 말씀이시죠?"

"삼성의 비상장 계열사들 주식을 헐값에 인수해서 상장시키는 수법을 쓴 겁니다."

"증여세를 안 내고 날로 먹겠다는 생각이군요. 그래도 적습니다. 그 돈은 용돈으로 준 겁니까?"

"저희 경영 팀에서 조사한 바에 따르면 그 아들이 증여받아 불린 돈으로 에버랜드의 전환사채를 배정받아 최대주주가 되었답니다."

"에버랜드라면 자연농원을 말씀하시는 거죠? 그 하찮은 걸 왜 확보했단 말입니까? 혹시……?"

"그렇습니다. 제우스의 경영 팀에서는 에버랜드가 삼성생명의 주식을 장악할 걸로 보고 있습니다. 삼성생명은 이미 삼성전자의 지분을 약 9% 정도 가지고 있습니다. 삼성의 순환출자 구조는 대단히 복잡하게 얽혀 있는데, 결국 삼성전자의 목줄을 잡고 있는 삼성생명이 지주회사인 거죠."

"삼성생명을 틀어쥐어 그룹을 장악하겠다는 건데 에버랜드가 그만한 돈이 있습니까?"

"제우스의 전문가들은 총수가 가지고 있는 지분이 그쪽으로 흘러갈 거라 예상하고 있습니다. 지금 삼성생명의 최대주주는 총수입니다. 다시 말씀드리면 총수가 헐값에 삼성생명

주식을 에버랜드에 파는 거죠. 그러면 아들이 최대주주로 있는 에버랜드가 삼성생명을 장악할 수 있게 되니까요."

"결국 손도 안 대고 코를 풀겠다는 거군요?"

최강철이 쓴웃음을 지으며 식탁에 놓인 잔을 들어 한입에 털어 넣었다.

참 교묘한 수법이다.

총수가 가진 재산을 자식에게 증여했을 경우 발생하는 엄청난 세금을 피하기 위한 더러운 계략이다.

이래서 삼성전자를 장악할 생각이다.

재벌들이 저지르는 이 더러운 행태를 틀어막기 위해서는 무슨 짓이라도 할 것이다.

"김 사장님, 총수가 그런 짓을 저질러도 막을 방법은 없죠?"

"자식에게 증여하는 것이 아니라 계열사에게 자기 주식을 팔겠다는 겁니다. 그러니 대한민국 법으로는 막을 방법이 없습니다."

"그럼 방법을 만들어야죠."

"어떻게 말입니까?"

"우리에게는 그럴 힘이 있잖아요. 금산분리법을 확실하게 강화해서 삼성생명의 삼성전자 지배권을 죽이는 겁니다."

"대한정의당을 쓰자는 말씀이군요?"

"빙고. 법이 제정되면 삼성생명은 어쩔 수 없이 삼성전자의 주식을 시장에 내놔야 합니다."

"정말 기가 막힌 생각이십니다."

"그 고리만 끊어버리면 삼성의 순환출자 구조 시스템을 와해시킬 수 있고, 총수는 자식들에게 정당한 세금을 내고 증여할 수밖에 없을 거예요."

"알겠습니다. 대한정의당의 정 대표에게 회장님의 의중을 전달하겠습니다."

감탄한 표정을 지으며 김도환이 허리를 곧추세웠다.

삼성의 순환출자 구조의 핵심은 삼성생명이었으니 그 고리만 끊으면 당연히 총수 일가의 그룹 장악은 허물어진다.

문제는 법 개정이었지만, 이미 금산분리법은 초안이 마련되어 있으니 대한정의당을 동원한다면 그리 어려운 일도 아닐 것이다.

그동안 두 사람의 대화를 들으며 조용히 있던 신규성이 나선 것은 자신이 맡고 있는 일에 의문점이 생겼기 때문이다.

"회장님, 그럼 삼성전자의 장악은 어떻게 하실 생각입니까? 우리가 삼성전자만 장악하면 굳이 금산분리법이 아니라도 총수 일가의 의중은 자연스럽게 무산될 텐데요?"

"그것과는 다른 일이죠. 삼성전자를 장악하려는 건 우리 피닉스그룹에 삼성전자를 편입시키기 위함입니다. 피닉스그룹을 세계 최고의 기업으로 만들기 위해서는 삼성전자가 필요하니까요."

"음, 그렇군요. 그런데 삼성전자를 장악하기 위해서는 상당한 시간이 필요합니다. 회장님의 말씀대로 30%의 지분을 확보하려면 최소 6개월 이상 소요될 것으로 판단됩니다. 회장님, 출발 시기를 언제로 생각하시는 거죠?"

"그건 제가 곧 알려 드리겠습니다. 우리에게는 더없이 커다란 호기가 다가오고 있으니까요."

*   *   *

재무부 외환국장 최천호가 장관실에 들어선 것은 뜨거운 햇살이 쏟아져 들어오는 화요일 오후 3시 무렵이었다.

그의 얼굴은 이미 벌겋게 달아 있었는데 무척이나 긴장된 모습이었다.

"뭐야?"

"장관님, 환투기 세력들이 일시에 움직이고 있습니다."

"그게 무슨 소리야?"

"퀀텀펀드를 비롯해서 20여 개의 투기 세력이 원화를 숏포지션으로 계속 매도하고 있습니다."

"언제부터?"

"5일 정도 되었습니다. 처음에는 금액이 그리 크지 않았지만, 점점 기하급수적으로 커지고 있는 상태입니다. 태국과 필리핀에서 쓰던 방법과 동일한 수법입니다."

"그렇다면 달러를 롱포지션으로 매수하겠구먼. 그렇지?"

"예, 장관님."

"이 개새끼들이 한국을 뭐로 보고……. 우리가 태국이나 필리핀 정도밖에 안 된다고 생각하다니, 미친놈들이구먼."

황춘호가 가소롭다는 듯 손가락으로 탁자를 두들겼다.

퀀텀펀드라면 세계적으로 유명한 사냥꾼 조지 소로스가 운영하는 국제적인 환투기 세력이고, 이미 여러 나라를 무너뜨린 전력이 있었다.

그럼에도 황춘호가 자신감을 보이는 것은 한국의 달러 보유고가 300억 달러를 넘었기 때문이다.

"달러는 얼마까지 올라갔지?"

"이미 900원 가까이 오른 상태입니다."

"최 국장, 달러가 올라가면 안 돼. 시장에 개입해서 막아."

"장관님, 신중해야 됩니다. 만약을 위해서라도 외환 보유는 확보하고 있어야 합니다."

"이 사람아, 지금 대통령님의 최대 치적이 뭔지 알면서 그런 소리를 하나. 국민소득이 1만 달러를 넘어 선진국 대열에 진입했다는 걸 국민들한테 알리기 위해 OECD에 가입한 게 불과 1년도 안 되었단 말이야. 그런데 달러가 올라가서 7천 달러로 떨어지면 국민들이 어떻게 생각하겠어?"

"그래도 태국의 전례를 생각하셔야 됩니다. 환투기 세력들은 영국까지 무너뜨린 놈들입니다. 외환 방어를 위해 달러를 쓰면 자칫 외채를 막기 어려워질 수 있습니다."

"그렇게 말해도 못 알아듣는군. 우리나라는 태국이나 필리핀과 달라서 경제가 튼튼한 상태야. 어제 나온 킬드쉬 총재의 인터뷰 기사 못 봤어? 우리나라의 경제가 더없이 밝다고 최고 전문가인 킬드쉬까지 떠들었는데 뭐가 걱정이야?"

"그건……."

"다른 소리 하지 말고 내 말대로 해. 무슨 수를 쓰든 달러가 올라가는 건 막으란 말이야. 알겠어?"

"…알겠습니다."

*   *   *

드디어 시작되었다.

텔레비전에서는 이미 외환위기가 시작되고 있었으나, 아직 아무런 문제가 없다며 정부 관계자와 전문가들이 번갈아가며 떠들어대고 있었다.

하지만 알 만한 놈들은 다 안다.

이미 경제전문가들은 한국의 목숨이 사경을 헤매고 있다는 것을 알고 있었지만 정부와 언론은 국민을 속이느라 정신이 없었다.

신용평가 회사인 스탠드앤푸어스와 무디스는 미국 중심의 환투기 세력과 보조를 맞추며 한국의 신용 등급을 강등시켰고, 황춘호가 자랑하는 외환 보유고는 바닥을 보이는 상태였다.

이제 조금 후에 닥칠 대규모의 외채 상환 압박은 대한민국을 깊고 깊은 수렁에 빠뜨려 버릴 것이다.

텔레비전에 나와 떠드는 전문가들의 얼굴을 박살 내고 싶었다.

정부의 개가 되어 곧 다가올 지옥을 숨기려는 그들의 위선에 구역질이 났다.

이가 갈렸으나 참고 또 참았다.

환투기 세력이 움직이는 것을 알면서도 참는 것은 자신이 구상하고 있는 원대한 미래를 이 한순간의 분노로 망가뜨릴 수 없었기 때문이다.

자신이 보유하고 있는 달러를 모두 가동한다면 한국 정부에 커다란 도움이 되겠지만, 최강철은 그렇게 하지 않았다.

수많은 국민을 고통 속에 빠뜨리는 지옥이 다가오고 있었으나 정부의 무능과 재벌들의 욕심으로 인해 비롯된 한국 경제의 거품은 자신이 돕는다고 해도 언젠가는 반드시 무너질

게 분명했다.

텔레비전에서 고개를 돌려 병실을 향해 걸어갔다.

자신을 경호하던 정철호를 병원 밖에 떼어놓고 혼자 들어왔는데 안경과 모자를 쓰고 있어도 몇몇 의사와 간호사들은 알아보는 것 같았다.

병실에 들어서자 초췌한 얼굴로 눈을 감은 채 누워 있는 김연경과 그 옆에서 멀대처럼 앉아 있는 이성일이 보였다.

이성일은 그녀의 손을 꼭 잡은 채 세상에서 가장 믿음직한 남편 흉내를 내고 있었다.

천천히 들어서자 그를 확인한 이성일이 반색하면서 일어났다.

"아빠 된 거 축하한다."

"크하하! 야, 그런데 왜 빈손이냐? 뭐 없어?"

"없는데?"

"야, 인마, 문병 오는 놈이 빈손으로 오는 게 어디 있어?"

"머리 좀 보자. 이제 서서히 까질 때도 됐다."

"그거하곤 다르지. 어허, 어딜 만져. 난 절대 대머리 안 되니까 걱정하지 마."

"비켜, 인마. 제수씨한테 인사하게."

설레발치는 이성일을 제치며 최강철은 침상으로 다가갔다.

어느새 눈을 뜬 김연경이 일어나는 시늉을 했기 때문에 최강철은 급히 손으로 그녀의 어깨를 잡았다.

"일어나지 마세요."

"바쁘신데 여기까지 왜 오셨어요."

"당연히 와야죠. 아름다운 공주님이라면서요?"

"예. 그런데 안 예뻐요. 아무래도 아빠 닮은 것 같아요."

"그러면 안 되는데……."

최강철이 장난스러운 웃음을 지으며 돌아보자 이성일이 도 끼눈을 부릅떴다.

놈은 둘의 대화가 마음에 들지 않은 모양이다.

"안 되긴 뭐가 안 돼? 난 귀여워 죽겠구먼."

"인마, 너 닮아서 시집 못 가면 네가 책임질래?"

"그러게 말이에요."

김연경이 옆에서 맞장구를 치자 이성일의 표정이 더욱 일그 러졌다.

"마누라, 그러면 안 돼. 남의 남자와 짝짜꿍이 돼서 남편 흉 보는 거 아니야."

"호호, 강철 씨가 왜 남의 남자야. 대한민국의 영웅이자 모 든 여자의 연인인데. 안 그래요, 강철 씨?"

"그럼요. 당연하죠."

"저 자식, 유부남이라니까!"

"질투할 걸 질투해라. 그런데 이름은 지었냐?"

"웅, 아버지께서 지어 보내주셨어. 민희야. 이민희."

"예쁘네. 잘 키워. 너처럼 막살게 하지 말고."

"하아, 이 자식은 축하해 주러 와서 이게 뭐 하는 짓인지 모르겠네. 내가 얼마나 열심히 살고 있는데 그런 소릴 해?"

"크크, 나한테 하는 짓 보면 알지. 다른 사람들은 전부 나를 존경하는데 너만 나를 발가락에 묻은 때처럼 여기잖아."

"캬캬캬, 그건 맞는 말이지. 내가 아니면 누가 최강철을 제압하겠어."

이성일이 이상한 웃음을 흘리며 낄낄댔다.

나름대로 상당히 기분이 좋은 모양이다.

그 모습을 보면서 최강철은 천천히 김연경에게 고개를 돌렸다.

"연경 씨, 그런데 어쩌죠?"

"왜요?"

"제가 조금 있다가 이놈을 데려가야 할 것 같아요. 한동안."

"무슨 일 있어요? 겁나게 왜 그러세요?"

"죄송한데, 시합이 잡혔거든요. 내년 3월에 휘태커란 선수와 시합해야 돼요."

"그게 정말이냐? 연락 온 거야?"

"웅. 어젯밤에 돈 킹 씨한테서 전화 왔다."

"회장님, 그동안 잘 지내셨습니까?"

"예, 대표님. 오랜만에 뵙습니다."

"일단 앉으십시다."

정우석이 상석을 비워놓고 맞은편에 앉으며 자리를 가리키자 최강철이 천천히 의자에 앉았다.

대한정의당을 이끌고 있는 정우석이었으나 그는 최강철을 상대로 상석에 앉지 못했다.

그보다 훨씬 나이가 적고 평당원에 불과했지만 대한정의당의 모든 것은 최강철로부터 시작되었다는 걸 너무나 잘 알기 때문이다.

정우석에게서 급하게 만나자고 전화가 온 것은 이틀 전이었다.

훈련에 돌입하기 전이었기에 최강철은 흔쾌히 그의 제안을 받아들였다.

자신 역시 그에게 할 말이 있었고 그가 만나자는 이유도 그것과 상관있을 거란 판단을 했다.

정우석의 입이 열린 것은 비서가 차를 내와 그들 앞에 놓고 나갔을 때다.

당대표실에는 오직 그와 최강철, 둘뿐이었는데 정우석의 표정은 매우 무거웠다.

그만큼 중요한 이야기를 하고 싶다는 뜻이다.

"오늘 회장님을 만나자고 한 건 대선과 관련해서 회장님의 의견을 듣고 싶어서입니다. 상황이 급하다 보니 무례를 저질렀습니다."

"아닙니다. 말씀하시죠."

"이제 대선이 두 달 앞으로 다가왔어요. 우리 당에서는 제가 후보로 나설 생각입니다. 이것에 대해서 회장님은 어떻게 생각하시는지 궁금해서 모셨습니다."

빤히 최강철을 바라보는 정우석의 얼굴에 긴장감이 서려 있다.

청렴한 정치인으로 소문났고 주변 사람들에게 존경과 사랑을 받는 그였지만, 그의 눈에도 은은한 열망이 담겨 있었다.

최강철은 한동안 아무 말도 하지 않았다.

그가 왜 이런 이야기를 하는지 너무나 잘 알고 있다.

대한정의당의 의원들은 모두 최강철의 지원으로 당선된 사람들이었고, 모든 정치자금 또한 마이다스 CKC에서 은밀하게 나가고 있었다.

만약 최강철이 반대한다면 정우석은 절대 대통령 후보로 나서지 못할 것이다.

최강철의 입이 열린 것은 정우석이 무거운 침묵을 견디지 못하고 긴장된 표정으로 헛기침을 할 때였다.

"대표님께서 후보로 나서는 건 당연한 일입니다. 대한정의당을 그동안 훌륭하게 이끌어오셨으니 당연히 대표님이 후보가 되셔야 합니다."

"그렇게 생각해 주시니 고맙습니다."

최강철의 한마디에 정우석의 긴장되었던 얼굴이 활짝 펴졌다.

국회의원 92석을 가지고 있는 제1야당의 후보가 되었다는 건 그가 권좌에 오를 가능성이 그만큼 크다는 뜻이다.

천성적으로 욕심을 부리는 성격은 아니었으나 대통령의 자리에 오른다는 건 인간의 욕심 한계를 초월하는 일이었다.

더군다나 지금 집권당은 외환위기에 직면하며 커다란 위기를 맞이했다. 그 때문에 최강철이 적극적으로 지원만 해준다면 이길 가능성이 농후했다.

하지만 그의 활짝 핀 얼굴은 이어진 최강철의 말로 인해 점점 어둡게 변하기 시작했다.

"대표님, 후보는 하십시오. 하지만 욕심은 버리시는 게 좋겠습니다."

"무슨 말씀이시오?"

"이번 선거는 우리가 이길 수 있는 게임이 아닙니다. 그리고 상황이 너무 좋지 않아요. 남들이 벌여놓은 시궁창에 빠져 허우적대기엔 대한정의당의 체력이 아직 튼튼하지 않습니다."

"나는 무슨 말씀인지 이해할 수 없군요. 우리가 왜 선거에서 이길 수 없단 말입니까?"

"우리나라는 아직 지역감정으로 대선이 치러지기 때문입니다. 대한정의당이 아무리 노력한다 해도 그것을 깨뜨리기는 쉽지 않을 거예요. 이제 당을 창당한 지 불과 3년밖에 되지 않았습니다. 국민들이 대한정의당을 좋아하지만 아직 충분한 신뢰를 주기에는 기간이 너무 짧습니다."

"음……."

"더군다나 우리나라는 지금 엄청난 수렁에 빠져 있습니다. 이 시기에 우리는 다른 것에 집중해서 국민들의 신뢰를 확보해야 합니다."

"고견을 말해주시오."

"선거에는 지더라도 대표님께서는 당당하게 선거에 임해주십시오. 절대 다른 정당의 후보를 비방하거나 네거티브 전략을 쓰시면 안 됩니다. 국가의 발전을 위해 노력하는 모습만 보여주십시오."

"예를 들면?"

"이번 외환위기는 정부의 안일한 관리에도 문제가 있었지만, 재벌들의 무분별한 투자와 위기관리 능력의 부재에서 발생한 것입니다. 재벌들은 능력도 없는 후계자들을 내세워 경영을 좌지우지하면서 멀쩡한 기업들을 철저히 망가뜨려 놓았습니다. 또한 증여에 따른 막대한 세금을 피하기 위해 각종

편법을 동원해서 그룹 승계를 하고 있는 실정입니다. 이 자료가 그것을 증명하는 것이죠."

최강철이 가방에서 서류를 꺼내 앞으로 내밀었다.

그러자 정우석이 그 서류를 주의 깊게 살펴보다가 깊은 신음을 흘러냈다.

워낙 일목요연하게 정리되어 있었기 때문에 경제전문가가 아니라도 쉽게 알아볼 수 있었다.

"재벌들의 불법 승계를 알고는 있었지만 정말 한심한 일이군요. 그러나 쉽지 않은 내용입니다. 그들은 정부 책임자는 물론이고 수많은 국회의원과 밀접한 관계를 유지하고 있어요. 그래서 지금까지 아무것도 할 수 없던 것이오."

"그러니 해야죠. 우리 대한정의당은 이제 92명의 국회의원이 있습니다. 그분들을 이용해서 금산분리법을 강화하고 불법 증여를 할 수 없도록 제도를 개정해야 됩니다. 또한 우리 당은 5년 단임제인 지금의 대통령 임기를 4년 연임제로 개헌하고 국토의 균형 발전을 위해 정부 부처와 공기업, 그리고 주요 대학들을 지방으로 이전해야 합니다."

최강철의 입에서 주요 정책에 관한 내용이 줄줄이 쏟아져 나오기 시작했다.

그가 말한 내용에는 정치, 경제, 군사, 교육 등 사회 전반에 관한 내용이 총망라되어 있었다.

최강철의 말이 진행될수록 정우석은 입을 떡 벌리고 제대로 말을 하지 못했다.

지금 대통령 선거를 준비하며 공약 정책을 마련하고 있었지만, 최강철이 말한 내용은 하나도 포함되어 있지 않은 것이다.

그만큼 예민하고 중요한 사안들이었기 때문이다.

"대표님, 이번 대선에서 이 내용을 공약 사항으로 발표하고 밀어붙이십시오. 국민들은 우리의 공약 사항을 들으면 분명 환호를 보내줄 겁니다."

"하지만 엄청난 반발에 부딪칠 겁니다."

"우리가 추구하고 있는 것은 대한민국이 세계에서 가장 부강하고 가장 정의로운 나라가 되는 겁니다. 그렇게 되기 위해 최선을 다한다면 언젠가는 국민들도 우리를 인정해 주지 않겠습니까?"

1997년 11월, IMF 외환위기.

대한민국이 겪은 최고의 비극 중 하나이다.

전쟁을 제외하면 이토록 국민이 힘들어하고 고통 받은 일은 지금까지 한 번도 없었다.

나라가 경제적으로 망했다는 건 자주 국권을 상실한다는 의미가 담겨 있다.

IMF(국제통화기구)는 코 묻은 돈을 빌려주며 마치 점령군처럼 당당하게 대한민국으로 들어와 수많은 요구를 하면서 국민들의 고통을 강요했다.

기업들이 차례대로 도산했고, 일자리를 잃은 사람들은 배고픔과 절망으로 인해 한강 물에 몸을 던지는 경우가 속출했다.

이것이 지옥이 아니면 무엇이 지옥이란 말인가.

집마다 눈물이 가득했고, 한숨 소리가 지붕을 뚫고 흐를 지경이었다.

그럼에도 나라를 이 꼴로 만든 정부는 핑계로 일관했고, 정치인들은 상대 당을 헐뜯으며 정쟁에 몰두했다.

무분별한 해외 투자와 외채를 끌어당겨 마음껏 돈지랄을 하던 수많은 기업이 도산하는 과정에서 회사원들은 길거리로 내몰렸다.

그럼에도 기업의 총수들은 빼돌린 돈을 지닌 채 해외로 도망치기에 바빴다.

우량기업들이 헐값에 외국 자본으로 넘어갔고 외화는 무려 달러당 2,400원까지 치솟았다.

하지만 어둠 속에서도 웃는 자들이 있었다.

국가경제가 도탄에 빠지며 대부분의 국민이 피눈물을 흘려도 미리 현금을 확보한 부자들은 돈을 쓸어 담기에 바빴다.

최강철은 훈련에 돌입했지만 마음이 편치 않았다.

훈련을 마치고 숙소에 들어와 텔레비전을 볼 때마다 나오는 사람들의 피눈물이 가슴을 서늘하게 쓸어내렸기 때문이다.

IMF에서 파견되어 나온 자들의 면상이 연일 화면을 장식하는 걸 보며 텔레비전을 부수고 싶다는 마음을 간신히 참았다.

미친 자들의 향연.

그 와중에 정권을 잡겠다며 미친 듯이 지역감정을 부추기는 자들의 면상이 나올 때마다, 그리고 정부 관계자라는 자들이 국민들을 상대로 거짓말하는 장면을 볼 때마다 아구창을 박살 내고 싶다는 욕망이 불끈거리며 솟구쳤다.

외신에서는 떠오르는 아시아의 용이 한강 물에 추락했다며 마음껏 비웃음을 날리고 있었다.

그럼에도 참는다.

세계의 조롱 속에서 휘청거리는 대한민국이 언젠가는 분명 최고의 자리에서 그들을 내려다볼 테니 말이다.

*　　　　　*　　　　　*

IMF 외환위기 속에서 치러진 대통령 선거는 독재와 평생을 싸워온 호남의 맹주이자 제2야당의 후보가 당선되었다.

최강철의 예측은 정확하게 맞아들었다.

국회의원 선거에서는 대한정의당에 표를 몰아준 국민이 양당의 지역감정 조장 전략에 휘말려 들어 호남의 맹주를 대통령으로 만들었다.

그럼에도 정우석의 선전은 대단했다.

그가 득표율 27%를 차지하며 선전할 수 있었던 것은 최강철이 내놓은 공약이 그만큼 국민들의 가슴을 휘저었기 때문이다.

부모님과 큰형 내외가 제주도에서 올라온 건 최강철이 출국을 3일 앞두었을 때다.

세상은 온통 IMF에 관한 뉴스로 가득 찼으나 그 속에서 유일하게 국민들을 행복하게 만든 건 최강철에 관한 소식이었다.

웰터급으로 다시 체급을 내려 지상 최고의 스피드를 가졌다는 휘태커를 부수기 위해 준비 중인 최강철의 소식은 대한민국이 가지고 있는 유일한 기쁨이자 기다림이었다.

가족들이 온다는 소식에 숙소에서 기다릴 때, 부모님을 앞장세운 채 큰형 내외가 양손에 바리바리 짐을 싸 들고 들어왔다.

"아버지, 여기까지 웬일이세요?"

"너희 엄마한테 물어봐라. 하도 성화를 부려서 나도 어쩔 수 없었다."

아버지가 마땅치 않다는 듯 어머니에게 시선을 주었다.

하지만 어머니는 아버지의 시선을 마다한 채 반가운 얼굴로 자신만 바라볼 뿐이다.

"우리 아들, 가기 전에 맛있는 거 먹이고 싶어서 왔지. 얼굴도 보고."

"큰형은요?"

"제주도 갔다가 따라왔다. 나도 네 얼굴을 보고 싶었거든."

"그런데 강철아, 관장님하고 성일이는 어디 간 겨?"

"아뇨, 금방 들어올 거예요. 목마르시죠. 뭐 좀 마실 거 드릴까요?"

"아녀, 괜찮어."

숙소로 들어온 부모님과 큰형 내외가 자리를 잡고 앉았을 때 귀신같이 윤성호와 이성일이 문을 열며 들어왔다.

"아이고, 아버님, 어머님. 벌써 오셨네요. 그렇지 않아도 소식 듣고 기다리는 중이었습니다. 그동안 잘 지내셨죠?"

"그려요. 관장님도 잘 계셨죠? 우리 강철이 때문에 매번 고생하시는데 제대로 찾아뵙지 못해서 미안하구먼유."

"별말씀을요."

"앉으셔유. 우리가 먹을 걸 싸 왔으니까 같이 먹어요."

다가온 윤성호의 손을 양손으로 잡은 어머니가 거실로 이끌더니 부랴부랴 형수와 함께 짐을 풀기 시작했다.

참 이것저것 많이도 나왔다.

갈비찜은 기본이고 불고기와 잡채를 비롯해 수많은 음식이 줄줄이 상 위에 펼쳐졌다.

"뭘 이렇게 많이 준비하셨어요?"

"가기 전에 배불리 먹고 가. 그동안 먹고 싶은 거 못 먹었을 거 아녀."

따뜻한 시선.

아들을 향한 어머니의 시선이 너무 따스해서 심장까지 녹을 것 같았다.

그때 대화를 지켜보던 큰형이 슬쩍 나서며 입을 열었다.

"강철이는 시합 때문에 체중 조절하느라 먹지 못한다고 아무리 말려도 소용없었어. 그 덕분에 네 형수가 엄마한테 잡혀서 이거 준비하느라 어젯밤을 꼬박 새웠다. 엄마는 네가 이걸 꼭 먹고 가야 마음이 편할 것 같단다."

음식은 맛있었다.

어머니의 음식 솜씨도 좋지만, 형수의 손맛도 예전부터 알아줄 정도였기 때문에 최강철은 오랜만에 포식을 했다.

왁자지껄 떠들며 저녁을 먹은 게 얼마 만인가.

평소 말이 없던 아버지까지 술을 한잔하시자 연신 너털웃음을 터뜨렸고, 이성일이 중간에서 익살을 떨었기 때문에 음식을 먹는 동안 웃음꽃이 만발했다.

부모님과 가족은 물론이고 최강철과 일행도 가급적이면 시합에 관한 말은 자제했다.

텔레비전에서는 거의 매일 최강철의 출국 소식을 전하며 휘태커가 얼마나 강한 선수인지 떠들어댔다.

물론 가족들은 근심 걱정이 컸을 테지만 그에 대해서 한마디도 꺼내지 않았다.

저녁을 모두 먹고 커피를 마실 때 뉴스를 통해 수많은 사람이 길게 줄을 늘어서 있는 장면이 나왔다.

바로 금을 팔기 위해 나온 사람들의 행렬이었다.

국가에서는 외채를 갚기 위해 국민들이 가지고 있는 금을 모아야 한다고 설득했고, 착한 국민들은 아기 돌반지까지 들고 나온 것이다.

눈물이 나올 일이다.

너무나 어수룩하고 착한 국민들은 정부에서 나라를 살리기 위해 금이 필요하다고 말하자, 장롱 깊이 숨겨둔 유품까지 들고 나왔다.

국민들은 이렇게 조국을 사랑하는데 위정자들은 도대체 무슨 짓을 하고 있단 말인가.

떠들썩하던 분위기가 슬그머니 가라앉았다.

줄을 서 있는 사람들의 어두운 얼굴을 보면서 웃을 수 있는 사람은 이곳에 아무도 없었다.

"저거 우리도 했다. 아부지가 하도 해야 한다고 하는 바람에 집에 있는 금이란 금은 전부 담아서 갖다 냈어. 할머니가 주신 반지는 안 된다고 했더니 아부지가 눈을 부라리는 바람에 그것도 냈다. 너희 큰형도 애들 돌반지까지 갖다줬다더라. 강철아, 너도 했냐?"

"저는 안 했어요. 시간도 없었고 금도 없거든요."

"하긴, 있어도 미국에 있는 네 처가 다 가지고 있겠구먼."

"예."

어머니의 질문에 최강철은 쓴웃음을 지었다.

국민에게 거둬들인 금이 한 달 만에 무려 100톤이 넘는다는 말을 들었다.

정부에서는 이 금을 금괴로 만들어 수출하고 외환을 확보할 생각이다.

세계의 언론이 세계사에 유례없는 금모으기운동을 토픽으로 보도하며 뜨거운 애국심을 조명했지만 최강철은 그런 칭찬에 전혀 동요되지 않았다.

이 얼마나 어리석은 짓이란 말인가.

그가 아는 바에 따르면 정부는 국민에게 짜낸 금을 헐값에 팔아넘겨 부랴부랴 달러를 마련했지만, 외채를 갚기엔 턱없이 부족했다.

최강철이 단답형으로 대답하자 슬그머니 어머니의 화제가 엉뚱한 데로 돌아갔다.

"그런데 강철아, 성일이는 애기 낳은 지 오래되었는데 넌 소식 없는 겨?"

"아직요."

"이눔아, 하늘을 봐야 별을 따지. 네 처는 도대체 언제 한국으로 데려올 겨. 네가 장가간 게 언젠데 아직도 애 소식이 없어?"

*　　　　　*　　　　　*

신규성은 기어코 대한민국이 IMF에 무릎 꿇는 장면을 보면서 한숨을 길게 내쉬었다.

그 역시 경제통이었으니 몇 달 전부터 계속되어 온 위기를 누구보다 잘 알고 있었다.

그럼에도 안타까움과 미안함으로 뉴스 보기가 어려웠다.

이 모든 것이 누구의 잘못이란 말인가.

거의 매일처럼 기업들이 도산하는 장면을 보면서 그는 최강철의 선택에 두려움을 느꼈다.

피닉스그룹은 최강철의 지시에 따라 부채비율을 계속해서 줄여왔고, 더 이상의 투자를 자제하며 몸집을 줄여왔다.

특히 외국에서 상당 부분이 투자되었으나, 외채 비율이 제로였기 때문에 국가적인 위기 상황에서도 어려움 없이 버텨 나가고 있었다.

매번 느끼는 것이지만 최강철의 선택과 결정은 시간이 흐른 후에야 얼마나 탁월하고 경이적인 것인지 알 수 있게 된다.

그가 마이다스 CKC를 비롯해서 15개의 투자회사 명의로 삼성전자의 주식을 쓸어 담기 시작한 것은 외환위기가 터진 후 한 달 정도 지난 뒤부터였다.

모든 주식이 그렇지만 외환위기 후 삼성전자의 주식 또한 매일 하한가에 근접할 정도로 떨어졌기 때문에 3만 원이 붕괴된 건 오래전의 일이다.

주식의 특성은 상승장과 하락장에서 엄청난 거래량이 터진다는 것이었지만, 외환위기를 당한 후에는 상황이 많이 달랐다.

팔겠다는 사람들은 부지기수였으나 사려는 사람은 거의 없었기 때문이다.

외국 투자자들은 물론이고 기관과 일반투자자까지 못 팔아서 안달이 난 상황이었으니 주식을 쓸어 담는 건 일도 아니었다.

시합을 위해 미국으로 떠나기 전 최강철은 매수 일자를 정해주며 삼성전자 주식의 30% 이상을 반드시 확보하란 지시를 내렸다.

"김 사장님, 어서 오세요."

"또 집에 안 들어가시는 겁니까? 너무 무리하면 병나요."

"이럴 때는 안 들어가는 게 아니라 못 들어가는 거라고 말하셔야죠. 나도 집에 가고 싶답니다."

"허허, 그런가요. 그래도 건강은 챙기세요."

김도환이 맞은편에 앉으며 신규성의 초췌해진 얼굴을 바라보았다.

신규성이 마이다스 CKC 미국 본사로 넘긴 운영 자산 12억 달러는 한 달 전 다시 받았을 때 한국 돈으로 3조 6천억으로 변해 있었다.

미국으로 넘겼을 때 1조가 조금 넘었으니 무려 3배가 뻥튀기된 것이다.

달러 강세로 인해 벌어진 일이었다.

800원에 불과하던 달러는 외환위기가 벌어진 후 무려 2,400원까지 폭등했다.

할 일이 태산이었다.

최강철의 지시대로 삼성전자의 주식을 30% 확보하는 데 들어가는 돈은 4,000억이면 충분했기 때문에 돈은 흘러넘칠 정도로 여유가 있었다.

그때부터 신규성은 본격적으로 포트폴리오를 짠 후 투자에 들어가기 시작했다.

매물로 나온 우량기업들을 사냥했고, 서울 시내에 지천으로 깔린 빌딩과 건물, 그리고 토지까지 사들였다.

주식도 마찬가지였다.

삼성전자 매수 팀과 별도로 3개의 팀을 운영하며 떨어질 대로 떨어진 블루칩들을 쓸어 담고 있었다.

비서가 없는 신규성이 직접 일어나 커피를 타 오는 모습을 보면서 김도환은 싱긋 웃었다.

규모로 봤을 때 마이다스 CKC의 한국지부는 제우스와 비교조차 되지 않을 정도로 거대했지만, 신규성은 아직도 비서를 두지 않고 있었다.

삶의 방식 차이다.

그리고 그것이 김도환은 마음에 들었다.

"상황이 어떻습니까?"

"외국인 투자자들까지 전부 한국이 망할 걸로 생각하는 모양입니다. 전부 주식을 팔지 못해 안달이 나 있으니 회장님께서 지시한 물량은 확보할 수 있습니다. 하지만 무조건 지금 추진하고 있는 금산분리법이 통과되어야 합니다. 삼성생명이 삼성전자의 주식을 가지고 있는 이상, 그자들은 경영권을 내놓지 않을 테니까요."

"당연한 말씀입니다. 회장님의 생각이 바뀌었어요. 처음에는 총수에게 그냥 삼성전자를 맡길 생각이었지만, 피닉스그룹에 편입시키는 것으로 결정한 이상 무조건 놈들의 주식을 쓸어내야 합니다."

"가능하겠습니까?"

"새로 들어온 정부와는 이미 합의가 된 상탭니다. 비록 삼성과 밀접한 관계에 있는 과거의 집권당이 반대하고 있으나, 계속 언론플레이를 하고 있기 때문에 결국 버티지 못할 겁니다. 이미 법률은 상정되어 있고 조만간 결판이 날 거예요."

"최대한 서둘러 주십시오. 그자들의 보유 주식이 흘러나오면 일하기가 편해집니다."

김도환이 커피를 한 모금 마시며 고개를 끄덕였다.

신규성의 말대로 총수를 비롯하여 삼성 계열사가 확보하고 있는 삼성전자의 주식은 20%가 조금 넘는 상황이었다.

그럼에도 총수 일가가 전자를 장악할 수 있는 것은 아직 매도를 하지 않은 외국의 우호 자본이 총수 일가를 돕기 때문이었다.

하지만 마이다스 CKC가 주식의 30%를 장악하고 삼성 계열사의 지분이 금산분리법으로 사라지게 된다면 그들도 총수 일가에 등을 돌리게 될 것이다.

"적어도 두 달 이내에는 결판이 납니다. 대정당 쪽에서 이 일을 최우선 과제로 밀어붙이고 우리 쪽 언론사들이 벌떼처럼 가세했기 때문에 그들은 결국 버티지 못할 거예요. 하지만 보험은 들어놔야 됩니다."

"무슨 말씀이시죠?"

"삼성은 만만한 상대가 아닙니다. 그들도 지금쯤 사장님이 주식을 매집하고 있다는 걸 눈치채고 있을 겁니다. 눈치를 채면 가만있지 않겠죠. 삼성이 움직이지 못하도록 발을 묶어놔야 합니다."

"계열사의 자금을 차단하란 말씀이군요."

"그렇습니다."

척 하면 착.

김도환이 한마디 거들자 신규성의 입꼬리가 슬며시 올라갔다.

무슨 소린지 안다.

자신에게는 무려 3조가 넘는 현금이 있었으니 삼성이 움직이지 못하도록 은행들의 발을 묶어놓는 건 일도 아니었다.

　　　　　*　　　　　　*　　　　　　*

　삼성의 경영본부장 최윤택은 회장 비서실로 들어선 후 대기실에 조용히 앉았다.

　보고해야 할 사안은 더없이 급한 것이었으나 지금 회장은 제1야당의 사무총장과 만나고 있었다.

　그들은 현재 벌어지고 있는 금산분리법 개정안에 관해 이야기를 나누고 있었기 때문에 함부로 문을 열 수 없었다.

　이전 정권에서 집권당이던 제1야당의 사무총장은 비록 정권은 빼앗겼지만, 아직도 보수의 심장을 자처하며 여전히 방귀 냄새를 풀풀 흘리고 있는 인물이었다.

　총수가 지금까지 가장 신경 쓰고 있는 것 중의 하나가 권력과 언론의 목줄을 틀어쥐는 것이었다.

　삼성에 영향력을 끼칠 수 있는 자들을 집중 관리 해서 우호 세력을 만들었고, 삼성이 원하는 방향으로 정책이 결정될 수 있도록 유도했다.

　지금까지는 원하는 대로 모든 것이 순조롭게 이루어졌다.

　편법 증여라는 것을 뻔히 알면서도 눈 감고 귀 막은 정부 관계자들과 국회의원들로 인해 막대한 세금을 절약할 수 있었다.

　돈이 귀신도 부릴 수 있다는 말은 그냥 나오는 게 아니었다.

돈을 먹은 놈들은 그 이상을 돌려주기 위해 자신의 위치를 망각한 채 삼성의 입장에서 모든 일을 처리해 주었다.

문제가 생기기 시작한 것은 대한정의당이 창당된 후부터였다.

국가의 정의를 바로 세운다는 기치 아래 모여든 의원으로 창당된 대한정의당은 이전 총선에서 92석을 확보한 후 삼성에 관한 일에 대해 사사건건 시비를 걸어왔다.

하긴 삼성에 국한된 문제가 아니었다.

그들은 재벌 그룹에서 횡행하고 있던 재벌가의 비리에 대해서 집요하게 물고 늘어졌는데 얼마나 집요한지 벌써 여러 곳에서 비상이 걸려 있는 상태였다.

어쩐 일인지 그자들에게는 돈이 통하지 않았다.

총수의 지시로 인해 각종 연줄을 동원해서 접근했으나 대한정의당 소속의 국회의원들은 아예 만나줄 생각조차 하지 않았다.

제1야당의 사무총장이 회장실을 나선 것은 그로부터 10여 분이 더 지난 후였다.

경영본부장은 사무총장이 나간 후 잠시 뜸을 들이다가 회장실로 들어섰다.

그는 총수의 오른팔이었고 그룹 전반에 관한 일을 직접 처리하는 실세였기 때문에 거의 매일 회장실을 들락거렸다.

총수의 심기는 좋아 보이지 않았다.

그럼에도 그는 경영본부장이 들어서자 손가락으로 소파에 앉으라는 신호를 보내며 남아 있는 차를 입으로 가져갔다.

"일이 잘 안 되었습니까?"

"이 새끼들이 돈을 받아 처먹었으면 밥값을 제대로 해야 될 거 아냐. 이거 아무래도 상황이 심상치 않은 것 같다."

"어려운 모양이군요."

"다음 임시국회에 금산분리법이 통과될 것 같아. 제1야당에서 격렬하게 반대하고 있지만 대한정의당과 여당이 강력하게 밀어붙이고 있어서 어렵단다."

"하긴, 그럴 만도 할 겁니다. 지금 집권당은 우리가 대선에서 제1야당을 밀어준 걸 알고 있거든요."

"그놈들한테도 줬잖아!"

"문제는 금액 차가 있다는 겁니다. 우리 쪽에서는 이전 정권이 이길 것으로 판단했는데 막판에 뒤집혔잖습니까."

"으, 더러운 놈들. 20억을 받아먹을 때는 간조차 빼줄 것처럼 굴더니 이제 와서 그런 이유 때문에 뒤통수를 친다는 게 말이나 돼!"

"정치인들은 힘이 없을 때와 있을 때의 처신이 달라지는 족속들입니다."

"가소로운 놈들. 그래, 대안은 생각해 봤나?"

"예, 회장님. 대한정의당의 발의안대로 완벽한 분리가 된다면 삼성생명의 지분 8.5%를 매각해야 됩니다. 우리가 제1야당에 내건 5% 소유권조차 무산된다는 조건에서 말입니다. 따라서 경영권 방어를 위해 필요한 금액은 최소 1,500억 정도가 될 것 같습니다. 물산을 비롯해 계열사들에게 자금을 확보하라고 지시를 내려놨습니다."

"충분히 가능하겠지?"

"우리 계열사를 전부 동원하면 문제가 없을 겁니다."

"대한정의당 이 새끼들, 두고 보자. 감히 삼성을 건드린단 말이지. 금산분리법이 통과되면 나를 죽일 수 있다고 생각하다니 정말 어리석은 놈들이다."

"문제는 후계 작업을 변경해야 된다는 겁니다. 삼성생명이 가지고 있는 전자 주식이 날아가면 에버랜드에 회장님이 가지고 있는 지분을 넘겨도 문제가 생깁니다. 제 생각에는 물산으로 바꾸는 것이 좋을 것 같습니다."

"그러기 위해서는 생명에서 나온 주식 상당 부분을 물산이 확보해야 된다. 물산이 그 정도 여력이 있을까?"

"어렵지만 그 정도는 충분히 가능할 겁니다."

"좋아, 그건 그렇게 조치하도록 해."

경영본부장이 자신감을 보이자 총수의 얼굴에 드디어 웃음기가 떠올랐다.

역시 자신의 오른팔이다.

가려운 곳을 알아서 긁어주었고 소리 소문 없이 뒤처리까지 했기 때문에 그에게 경영본부장은 충신 중의 충신이었다.

사람은 느낌으로 안다.

자신이 주군에게 어떤 신뢰를 받고 있는지를.

남자는 자신을 알아주는 사람에게 충성을 바친다고 하지만, 경영본부장의 행동은 과한 면이 넘쳐흘렀다.

총수 일가에 대한 그의 충성은 사회정의에 위배되는 것이 대부분이었으니, 대한민국으로 봤을 때는 기생충이나 다름없는 족속이다.

그럼에도 경영본부장의 비상한 두뇌와 업무처리 능력은 발군이었다.

"주식은 어떻게 돌아가고 있나?"

"이틀 전에 보고드린 것처럼 이상한 징조가 곳곳에서 보이고 있습니다. 저희 본부에서 주식 흐름을 조사한 결과 15군데에서 매집하고 있다는 정황을 포착했습니다."

"얼마나?"

"벌써 6%가 넘었습니다."

"음……."

삼성의 경영전략본부는 그룹 경영에 관한 전반적인 중요 사안을 처리하는 부서였고, 주식 흐름을 분석 관리 하는 것도 그중 하나였다.

IMF 사태 이후 주가가 고꾸라지며 수많은 매물이 나왔기 때문에 비상 팀이 가동되어 주식 흐름을 분석했다. 그런데 한 달 전부터 이상한 조짐이 보이기 시작하더니 근래 들어 확연하게 눈으로 보일 만큼 검은손이 움직인다는 게 노출되었다.

총수에게 보고했을 때는 3%에 불과했지만 불과 일주일 사이에 또다시 상당수의 주식이 놈들에게 넘어간 상태였다.

"정체는 파악했나?"

"매집 세력의 반은 미국 계열의 투자자들이고 나머지는 한국에서 들어온 자금입니다. 대표적인 세력은 마이다스 CKC로 2%를 넘었습니다."

"마이다스 CKC는 국제적인 화이트 섀도다. 기업사냥을 하러 다니는 놈들이 아니라 장기투자를 해서 이익을 창출하는 자들이야. 본부장이 너무 과민한 거 아닐까?"

회장이 빤히 쏘아보며 묻자 경영본부장의 얼굴이 살짝 일그러졌다.

무슨 말인지 안다.

막대한 자금을 보유하고 있는 마이다스 CKC가 투자를 했다는 것은 그만큼 삼성전자의 발전 가능성을 크게 봤다는 뜻이다.

평소라면 말이다.

하지만 지금은 뭔가 이상했다.

금산분리법 개정을 앞둔 상황에서 갑작스럽게 치고 들어와 매집하는 것과 절묘하게 비슷한 움직임을 보이고 있는 세력들의 존재가 그를 불안하게 만들고 있었다.

그랬기에 그는 총수의 의중을 알면서도 표정을 풀지 않았다.

"조금 더 두고 보겠습니다. 하지만 회장님, 그자들이 앞으로도 계속 주식을 매집한다면 문제가 생길 수 있습니다."

"한도는?"

"제 생각에는 마지노선을 15%로 보고 있습니다. 마이다스 CKC와 그 동조 세력으로 보이는 자들의 매수가 15%를 넘으면 방어권을 작동시켜야 합니다."

"음……."

"회장님, 계열사들은 삼성생명이 보유한 주식을 받아야 하니 여력이 부족합니다. 더군다나 은행도 휘청거리는 상황이라 더 이상의 융자는 어려운 실정입니다. 지금 상황에서 어느 정도 준비를 해놓으셔야 합니다."

직접 화법은 구사하지 않았지만, 그것을 못 알아들을 총수가 아니다.

총수가 지닌 현금을 투자해 달라는 뜻이다.

은행에 쌓아놓은 현금과 스위스의 비밀 계좌에 들어 있는 현금을 동원하면 어느 정도 방어가 가능할 거란 고언이다.

그랬기에 총수는 아무 말도 하지 않고 묵묵히 경영본부장은 쳐다봤다.

그럴 리야 없겠지만 정말 그의 말대로 진행된다면 자신이 가지고 있는 현금을 전부 내놔야 할지도 모른다.

그럼에도 그는 잠시 침묵을 지킨 후 여유 있게 찻잔을 들었다.

"경영본부장, 요즘 힘들지?"

"아닙니다."

"외환위기가 다가올 걸 미리 캐치하고 준비를 잘했기 때문에 삼성이 잘 버티고 있잖아. 이게 전부 경영전략본부 직원들이 그만큼 열심히 일했기 때문이야. 하지만 우리에게도 곧 위기가 다가오겠지. 반도체값은 계속 떨어지는 중이고 시장은 위축될 대로 위축되어서 전 계열사의 매출이 급감하고 있는 실정이잖아. 안 그래?"

"그렇습니다."

"자네가 봤을 때 이런 현상이 얼마나 갈 것 같은가?"

"확신하기는 어렵습니다. 한국 정부가 IMF로부터 받은 구제 금융을 갚기 위해서는 오랜 시간이 걸릴 테니까요. 제 생각에는 최소 5년은 잡아야 할 것 같습니다."

"정확히 짚었군. 내 생각도 그래. 그런데 말이야, 이런 상황에서 내가 가지고 있는 현금을 전부 내놓는 게 맞는 것일까?"

『기적의 환생』12권에 계속…

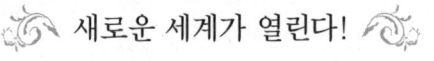

초대형 24시 만화방

신간 100%, 샤워실, 흡연실, 수면실(침대석), 커플석, 세탁기 완비

■ 광명 광명사거리역점 ■

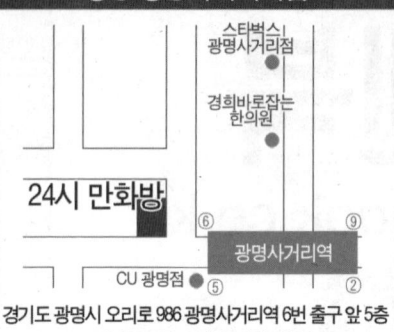

경기도 광명시 오리로 986 광명사거리역 6번 출구 앞 5층
02) 2625-9940 (솔목타워 5층)

■ 강북 노원역점 ■

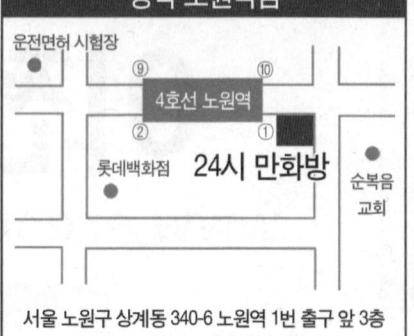

서울 노원구 상계동 340-6 노원역 1번 출구 앞 3층
02) 951-8324 (화용빌딩 3층)

■ 일산 정발산역점 ■

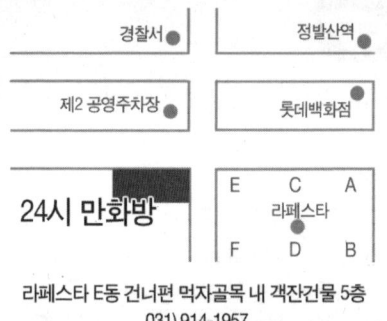

라페스타 E동 건너편 먹자골목 내 객잔건물 5층
031) 914-1957

■ 일산 화정역점 ■

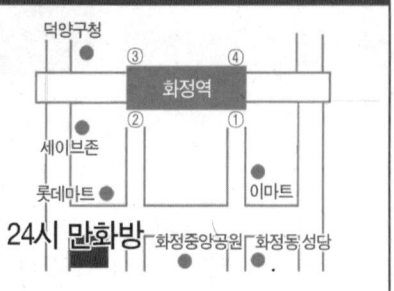

경기도 고양시 덕양구 화정동 984번지 서일빌딩 7층
031) 979-4874 (서일사우나 건물 7층)

■ 부천 역곡역점 ■

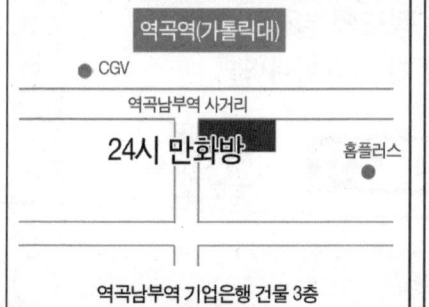

역곡남부역 기업은행 건물 3층
032) 665-5525

■ 부평역점 ■

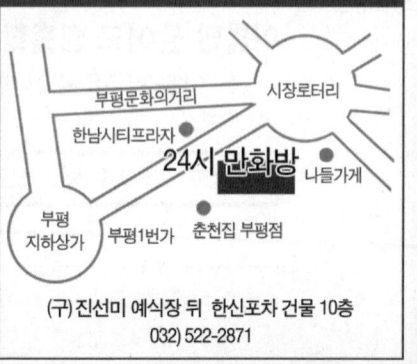

(구)진선미 예식장 뒤 한신포차 건물 10층
032) 522-2871

FUSION FANTASTIC STORY

재능 넘치는 게이머

덕우 장편소설

프로게이머가 된 지 약 반년 만에
세계 챔피언이 된 강민허.
그리고 이어지는 그의 돌발 선언.

"저, 강민허는 오늘부로 트라이얼 파이트 7
프로게이머에서 은퇴하겠습니다."

"로인 이스 온라인에서 다시 한번
세계 최고의 자리에 올라서겠습니다."

**프라이드 강, 강민허.
그의 새로운 도전이 시작된다!**

Book Publishing CHUNGEORAM

유행이 아닌 자유추구-
WWW.chungeoram.com

MODERN FANTASTIC STORY

강준현 현대 판타지 소설

주무르면
다고침!

희귀병을 고치는 마사지사가 있다?

트라우마를 겪은 후 내리막길을 걸어온 한두삼.
그는 모든 걸 포기하고 고향으로 향하게 된다.
그리고 그곳에서 특별한 능력을 얻게 되는데…….

"도대체 나한테 무슨 일이 생긴 거지?"

한두삼,
신비한 능력으로 인생이 뒤바뀌다!